大富豪に恋した操り人形

ジェニファー・ヘイワード 作

竹内さくら 訳

ハーレクイン・ロマンス

東京・ロンドン・トロント・パリ・ニューヨーク・アムステルダム
ハンブルク・ストックホルム・ミラノ・シドニー・マドリッド・ワルシャワ
ブダペスト・リオデジャネイロ・ルクセンブルク・フリブール・ムンバイ

MARRIED FOR HIS ONE-NIGHT HEIR

by Jennifer Hayward

Published by Harlequin Japan, a Division of K.K. HarperCollins Japan, 2019

ジェニファー・ヘイワード

悩めるティーンエイジャーだったころ、姉のハーレクインをくすねて読んだのが、ロマンス小説との出会いだった。19歳のとき、初めて書いた小説を投稿するも、あっけなく不採用に。そのとき母に言われた「あなたにはもっと人生経験が必要ね」という言葉に従い、広報の職に就いた。名だたる企業のCEOと共に世界中を旅して回った経験が、確かに今の仕事に役立っているという。2012年、ハーレクインの新人作家コンテストで入賞し、ついにデビューを飾った。カナダ、トロント在住。

主要登場人物

ジョバンナ・デ・ルカ……………………インテリアデザイナー。愛称ジア。
レオ………………………………………………ジアの息子。
ステファノ・カスティリオーネ…………ジアの父親。
フランコ・ロンバルディ……………………ジアの亡夫。
デリラ・ロスチャイルド……………………ジアの雇い主。
サント・ディ・フィオーレ…………………スポーツウェア会社共同経営者。
ニコ・ディ・フィオーレ……………………サントの長兄。
クロエ……………………………………………ニコの妻。
ラゼロ・ディ・フィオーレ…………………サントの次兄。
キアラ……………………………………………ラゼロの妻。

1

「それで、彼らの感想は?」ジョバンナ・デ・ルカはコーヒーを片手に、上司のオフィスの窓台に寄りかかってたずねた。窓からは明るい陽光がたっぷりと差し込んでくる。ここはデリラ・ロスチャイルドがカリブ地方に展開する、高級ホテルチェーンのいわば心臓部だ。

いまのジアを見たら、たいていの人が、あえてつくろったそのさりげない表情をありのままに受け取るだろう。彼女が人生最大の仕事を完遂したばかりだとは、決して思わない。だが実際は、バハマのリゾート地に建設中の一棟二千万はくだらないヴィラの内装を手がけ、デリラから購入希望者たちの反応を聞き出そうとしているところだった。一見落ち着き払っているが、心臓は早鐘を打っている。

もちろん、デリラはお見通しだ。ジアが感情を隠す名人だということはわかっている。

「総じて好評よ。二棟をのぞいて注文が入っているわ」彼女は言い、満面の笑みを浮かべた。「あなたのおかげよ、ジア。とにかく内装がすばらしかった。みんな、惚《ほ》れ込んでいたわ」

ジアは無意識に詰めていた息を吐いた。胸にあたたかなものがあふれ、指先やつま先へと広がっていく。そして脈打つ心臓を優しく包んだ。あのヴィラを完璧なものにするため、昼夜を問わずに働いた。デリラの新規事業の皮切りにふさわしい、魅力ある商品に仕上げたかった。

だが、それだけではない。〈ロスチャイルド・バハマ〉の仕事は、ジアにとって、力になってくれたデリラへの恩返しの機会であり、ホテル経営者として自分に懸けてくれたデリラの判断が正しかったと証明する場でもあった。そして何より、自分の可能性を――かねてからの夢を仕事にしていけるかどうかを試す試金石だった。

コーヒーカップをきつく握り締め、胸に押し寄せる感情を抑えた。「それを聞いて、うれしいわ」かすれた声で応える。「このプロジェクトがあなたにとってどれほど大切か、よくわかっているから」

デリラは鮮やかなブルーの瞳で鋭くジアを見やった。デリラの一瞬で相手の心を読む能力は伝説的だ。いま、ジアに向けたまなざしはあたたかかった。この二年間でふたりのあいだにはたしかな絆《きずな》が生まれていた。「あなたは間違いなく賞賛に値するわ。友だちとして言っているんじゃないのよ。これはビジネス。あなた自身の才能で得たものよ。だから当然、乾杯の理由になるわ」デリラはバーへ近づき、自分の分のコーヒーを注《つ》ぐと、振り返ってカウンターに寄りかかった。「今夜、ジャンカヌーのお祭りを祝ってバーベキュー・パーティを開くの。大げさな集まりじゃなくて、友だちと仕事関係の人を何人か呼んだだけ。シャンパンを飲んで、息抜きをする機会ってところね。おしゃれをして来て」

ジアは断ろうと首を振った。「夜は家で過ごしたいの。レオに本を読んであげたり、ワインを飲んだりして」

デリラはコーヒーカップを持ちあげ、彼女に向けた。「少しは自分の時間も持たないと、ジア。フランコが殺されてもう二年よ。あなたはまだ二十六歳でしょう。毎日身を粉にして働いて、残りの時間はすべて息子と過ごすなんて、人生を楽しんでいるとは言えないわ」

ジアからすれば、完璧な人生だった。三歳になる息子のレオは彼女のすべてだ。アメリカでも最大級の犯罪シンジケートを支配する一家から離れて暮らすのも、ひとえに息子を守るため。レオの健全な成長と幸せが何より大事だからだ。

「それに」デリラは意味ありげな笑みを浮かべてつけ加えた。「あなたに会わせたい人がいるの。国際金融の仕事をしていて、未婚でお金持ち。しかも」声を落として続ける。

「とびきりハンサムよ」

いちばんかかわりを持ちたくないタイプだ、とジアは思った。金と権力を持つ男に支配される生活は、もうこりごりだ。フランコとの結婚は無残な結果に終わった。けれども面と向かってデリラにそんなことは言えない。夫が暗殺されたあと、安全な場所を提供してくれたうえ、いまでは自分の生命線とも言える彼女には。

「お見合いは遠慮するわ」ジアはきっぱりと言った。「でも、たしかにわたしも少しは外出するべきかもしれないわね。ほかには誰が来るの？」

デリラが仕事仲間の女性数人の名前を挙げるのを聞きながら、ジアはレオが寝たあとの孤独な時間を思った。ひとりでいると、母が恋しくて胸が張り裂けそうになる。あのときこうしていたらという想像が頭をもたげ、心をかき乱すのだ。

今夜はそんな思いをしたくなかった。いまのこの生活はすばらしい。夢見たすべてがある。振り返るのではなく、前へ進まなくては。デリラの言うとおりだ。楽しむことを始めてみよう。今夜はその絶好の機会かもしれない。

ジアは片方の眉を上げた。「何を着ていったらいい？」

デリラの目が勝ち誇ったようにきらめいた。

「夏らしい、セクシーな服がいいわ」

ジアは首を横に振った。「お見合いはしないと言ったでしょう、デリラ。わたしは息抜きがしたいだけよ」

「そうだとしても、セクシーな服で来て」

結局ジアは、セクシーでも地味でもないドレスを選んだ。南国暮らしで日焼けした肌と長い脚を引き立てる鮮やかな珊瑚《さんご》色のミニのラップドレスだ。

期待で肌がざわつくのを感じながら、レオにおやすみのキスをした。ベビーシッターにあとを任せ、住宅地ライフォード・ケイにデリラが所有する敷地の中を、息子と暮らすヴィラから母屋まで歩く。ボディガードのダンテがついてこないことにいまだ新鮮な驚きを覚えるし、玄関を出るときに外で何が起きているかと考えなくていいことにもいまさらながら安堵《あんど》する。

だが、丘の上に立つコロニアル風の大邸宅に近づくにつれ、不安が頭をもたげてきた。自分の楽しみのために外出するのがどういうものか、もう忘れてしまった。どうふるまったらいいかもわからない。これまでの人生では めったにそんな贅沢《ぜいたく》は許されなかった。けれども、今夜のわたしはジョバンナ・デ・ルカ。カスティリオーネではない。自由の身だ。

バハマの夏のカーニバルである、ジャンカ

ヌーを祝ってデリラの自宅テラスで開かれたバーベキュー・パーティは、ジアが到着するころにはすでに大盛況だった。美しい夕陽《ゆうひ》が空を染め、その燃えるようなピンクとゴールドのキャンバスに、高く掲げられたトーチの炎が踊っているように見える。招待客はエキゾティックなムードに酔いながら、新鮮な魚のフライやラムベースのカクテル、カリブ特有のドラム缶を使ったスティール・バンドの演奏を楽しんでいた。

ジアは人々の輪の外でしばしためらった。苦い思い出が蘇《よみがえ》る。昔から、いつもはみ出し者だった。自分自身ではなく、一族の名で判断され、遠ざけられてきた。だが、今夜はデリラがすばやく彼女を見つけて輪の中へ引き込み、飲み物を手渡してくれた。

ウェルカム・カクテルがジアの神経をなだめてくれた。デリラから紹介された金融マンも。彼は愛想がよく紳士的だった。ジアとしては別段興味はなかったものの、彼の目に浮かぶ賞賛の色は、自信を――フランコに叩《たた》きつぶされた女性としての自信をいくらか回復してくれた。

ようやくリラックスすると、ジアは何気なく人混みを見渡した。ホテルの広報係であるソフィーと話をしている長身でブロンドの男性に目が留まる。筋肉質で体格がよく、白いシャツに濃い色のズボンというういでたちでも、存在感を際立たせている。だが、彼の横顔が目に入ったとたん、ジアは息をのんだ。まさか。彼がいま、ここにいるはずがない。だが、見間違いようがなかった。

心臓がでたらめなリズムで打ち、鼓動が脳に反響する。ジアは凍りついたようにその場で立ち尽くした。金融マンの言葉はもはや耳に入らず、ただサント・ディ・フィオーレを見つめることしかできなかった。

百八十センチを超す長身に、整った顔立ち、天使のようなブロンド。女性の心を溶かすダークブラウンの瞳。

わたしもあの瞳に酔ったひとりだ。ひと晩だけ。四年前、マンハッタンで嵐の夜に交わした一度のキスがすべてを変えた。運命から逃れようとする試みが、どちらにも消せない炎へと昇華し、十年のあいだにふくれあがった欲望を焼き尽くした。

サント・ディ・フィオーレは人生最大の過ちだった。その代償は高くついた。あれから思いもよらないことが立て続けに起こり、彼女の人生は決定的に変わった。けれどもそれは、最高の宝物を与えてもくれたのだった。

サントが顔を上げ、悠然とあたりを見渡した。彼の視線が自分に止まるのを感じ、ジアは全身をこわばらせた。ダークブラウンの瞳に男性らしい関心がちらりと浮かんだかと思うと、彼はふいに眉根を寄せた。

ジアは恐怖に駆られ、気づかれる前に顔を背けた。バッグをしっかりと胸に抱える。わたしの外見はだいぶ変わっているはずだ。彼はたぶん気づかない。だが、運任せにはできなかった。いますぐここを出なくては。

踵《きびす》を返し、人混みを縫って出口へ向かった。しかし途中で、今朝ヴィラを二棟購入したという投資家を伴ったデリラに呼び止められ、避難経路は遮断された。

自分の世界が崩壊しつつあることは押し隠し、ジアは笑顔を取りつくろった。

サント・ディ・フィオーレは本当なら、ニューヨーク行きの便に乗っていなくてはならなかった。〈スーパーソニック社〉の社運を懸けた新商品の発売を控え、仕事は山積みになっている。この週末、兄のラゼロとチャリティ・ゴルフに参加していたあいだにもメールは何百通と溜《た》まっているはずだ。それなのに、高級ホテル市場の女王と言われる女性の誘いで、南の島にいる。

実際のところ、こんなことをしている暇はなかった。だが、新しいランニングシューズのエレベイトに巨額の投資をしたことを考えると、デリラの裕福な顧客層と近づきになる機会は逃せなかった。しかも、彼女のホテル内に〈スーパーソニック〉のブティックを出店しないかという誘いも受けている。

サントは口元にグラスを運び、スコッチをあおった。いつもなら、必要以上にべたべたしてくる案内役の赤毛の美人を、時間を埋め合わせるのにちょうどいいと思っただろう。けれども、今夜はなぜか過去の亡霊が――胸の奥にしまい込んだはずの亡霊が、目の前にちらついている。向こうにいるブロンド女性がジョバンナのはずがない。彼女は漆黒の美しい髪が自慢で、いつも長く伸ばしていた。

思い出を振り払い、サントはいらだたしげに唇を歪《ゆが》めた。ジョバンナ・カスティリオーネはほかの男と結婚した。ふたりの関係は終わったのだ。彼女の夫が殺されたことも、以来彼女が人前に姿を見せていないことも、いまは未亡人であることも関係ない。自分が愛したジョバンナは幻だった。実在していなかったのだ。

それなのになぜ、忘れることができない？

不動産開発業者との会話を終えたラゼロが近づいてきた。「デリラの申し出をどう思う？」

「エレベイトの発売に合わせて期間限定ショップを出せれば、新しい顧客層を取り込むいい機会になるだろう」

「任せておけ」ラゼロは自信たっぷりに言った。「一カ月のうちに出店できるだろう。ぼくがきいたのは――」サントに向けてグラスを傾ける。「どちらのホテルチェーンがぼくたちにとって有利かってことだ。ステファノ・カスティリオーネのホテルか、デリラのホテルか。ふたつは条件がまったく違うだろう」

サントの口の中に苦いものがこみあげた。かつてジョバンナの父ステファノ・カスティリオーネに、おまえは娘にふさわしくないと言われた。そのステファノがいまは、ぼくと手を組みたがっている。サントが世界中で売れているスポーツウエアブランドの共同経営者で、そのウエアを着た有名人がステファノのカジノでも注目を集めているからだ。冗談じゃない。ジアを苦しめた男とぼくが取り引きすることになったら、地獄も凍るだろう。

「カスティリオーネのほうが守備範囲は広い」ラゼロが指摘した。「これはビジネスだ。個人的な感情は脇に置いて、判断してほしい」

「個人的な感情？」サントは短く切り返した。「あの男は犯罪者だ。金と権力でワシントンとハリウッドの半分を手に入れたのかもしれないが、ぼくは彼とは取り引きをしたくない」

ラゼロもカスティリオーネ一族のことは知っている。不動産と賭博でニューヨークからラスベガスに及ぶ一大帝国を築いたが、国際的な犯罪シンジケートのボスという裏の顔があることは周知の事実だ。

「彼とは取り引きをしない」サントは断固として首を振った。「話は終わりだ」

兄はものうげに肩をすくめた。「ぼくだって本気できいたわけじゃないさ。おまえの反応を見たくてちょっと言ってみただけだ。思ったとおり」目を細くして、弟を見る。「まだ彼女に未練があるんだな」

「彼女って、誰のことだ?」

「ジアだよ」ラゼロは片手を振った。「彼女と別れたあと、次から次へと女性と付き合ったが、誰とも長続きしなかったじゃないか。今夜にしてもそうだ。広報の赤毛の女性をものにできそうなのに、おまえはまるで関心がない」

「仕事が残っているからだ」

「どうかな」兄はグラスを回した。グラスの中のスコッチが琥珀《こはく》色にきらめいた。「ジアがおまえのうしろに立っていると言っても、仕事のほうが気になるか?」

サントは凍りついた。グラスを握る指に力をこめて振り返る。デリラと客のひとりと話をしている女性が目に飛び込んできた。やはりジアだ。いや。直感的に最初からそうだとわかっていた。

彼女は美しい体の線が映える鮮やかな珊瑚色のドレスを着ていた。記憶にあるより痩せたようだ。長く豊かな黒髪をボブにし、ブロンドに染めている。そのせいで別人に見えた。

だが、彫りの深い非の打ちどころのない顔立ちも、表情豊かなグリーンの瞳もそのままだ。

四年前のあの日、彼女はサントに処女を捧《ささ》げ、そのあと立ち去った。ふたりが分かち合ったものにはなんの意味もなかったかのように。そして別の男と結婚したのだ。

目をそらせ。サントは自分に言い聞かせた。彼女などいないかのようにふるまうんだ。ふたたび会うことがあったらそうしようと決めていた。だが、体が動かなかった。ジアが顔を上げる。視線が合うと、長い睫毛《まつげ》に縁取られたグリーンの瞳が見開かれた。カーテンが下りるように血の気が引いていき、やがて顔が蒼白《そうはく》になった。


サントの胸がよじれた。なんてことだ。なぜ今夜、ここにいるんだ？　彼女はもう何年も人前に姿を見せていなかったのに。

「サント」ラゼロが低い声で言った。「彼女は疫病神《マレディツィオーネ》だ。近づくとろくなことがない。ほうっておけ」

それは違う。サントは心の中で反論した。あの晩はすばらしかった。完璧だった。結局は心を引き裂かれることになったが。いままた同じことになるとわかっていても、彼女を無視することはできそうにない。

カウンターにグラスを置き、兄の忠告を無視して、人混みを縫いながらジアのいるほうへ進んだ。だが、その場にたどり着くと、彼女はもういなかった。デリラは先ほどの客とまだ話し込んでいる。勘を頼りに人気のないテラスの端まで行ってみると、思ったとおりジアがいた。きらめく濃紺の海を見つめ、無言でたたずむほっそりとしたシルエットが目に入った。

彼女はいつもそうだった。人の輪からはずれ、世間に背を向けていた。初めて会ったときも、高校のカフェテリアにぽつんと座っていた。カスティリオーネ一族の彼女は、学校の行き帰りも護衛が送迎していたし、父親が友だち関係に目を光らせていたせいで、同級生たちは彼女に寄りつこうとしなかった。

サントが彼女の隣にトレイを置き、横の席は空いているかとたずねたとき、彼女の顔に浮かんだはにかむような愛らしい笑みはいまでも忘れられない。

近づいていくと、彼女が振り返った。サントの存在を感じとったかのように。ふたりをつなぐ見えない糸があるかのように。彼女は背筋を伸ばし、なんとも表現しがたい表情を浮かべた。あきらめ、警戒心、不安。サントの保護本能を理屈抜きに呼び覚ます表情だった。

「サント」声がかすれている。幾度も夢の中で聞いたセクシーな声だ。「今夜、あなたが来るなんて思ってもいなかったわ」

サントはジアの前で足を止め、ポケットに

手を突っ込んだ。「デリラのホテルに出店しないかと誘われていてね。ラゼロとぼくはちょうどオールバニで行われたチャリティ・ゴルフに参加していたから、来てみたんだ」

彼女は長い睫毛を伏せた。「それはいい話ね。デリラは影響力のある人を大勢顧客に持っているもの」

「同感だ」サントはジアの目を見つめた。「ご主人のことは聞いたよ。お気の毒に」

ジアは小さく肩をすくめた。「ありがとう。突然のことで、ショックを乗り越えるのに少し時間がかかったわ」

穏やかな口調だが、サントは彼女がこぶしを強く握っていることに気づいた。声もわずかに震えている。「ジア」前へ出て彼女の顎を親指でなぞった。「大丈夫か？」

彼女はぴくりとして身を引いた。「大丈夫よ。知っているでしょう、サント。わたしは彼を愛していなかったわ」

「自分が何を知っていて何を知らないのか、ぼくにはよくわからないよ」彼は低い声で答えた。「きみはひと言も言わずに去ってしまったから」

「サント――」

彼は片手を振った。「この二年間、どんな場にも姿を見せなかったきみが、今夜ここに現れた。ききたいことがあるのは理解してほしい」

ジアはふっくらした下唇を噛《か》んだ。「わたしはこの二年間、デリラのところで働いていたの」

サントは眉をひそめた。「ここに住んでいるのか？」

彼女はうなずいた。「あの生活がいやでたまらなかったのは知っているでしょう？　フランコが亡くなったあと、あきらめていたものをつかみとるチャンスだと思った。デリラは母方の家族の古い友人で、わたしが新しい生活を始めるのに協力してくれたわ。インテリアデザイナーとして働かせてくれて、住む場所も提供してくれた。ここでは誰も――」

彼女は淡々と続けた。「わたしがジョバンナ・カスティリオーネだとは知らない。ジョバンナ・デ・ルカで通っているの」

話を聞いて、サントはいっそう頭が混乱した。「きみのお父さんはこのことをどう思っているんだ？」

ジアはわずかに顎を持ちあげた。「父は知らないわ」

サントはふたたび眉をひそめた。「知らないって、どういう意味だ？」

「わたしがどこにいるか、父は知らないのよ。誰も知らない。わたしはそれまでの生活を捨てて、家を出たの」

サントは驚きのあまりしばし声が出なかった。「家出したということか？」

エメラルドのようなグリーンの瞳がきらりと光った。「父がどんな人か知っているでしょう？　ほかにどうすればよかったの？　父に、出ていきますと宣言する？　無理よ。地雷原みたいな生活から逃れるには、とにかくうしろを振り返らずに走るしかなかったの」

サントは戸惑った様子で顎をさすった。

「つまり、こういうことか。きみは父親に命じられて愛していない男性と結婚した。家族が何より大事だったから。ところが夫が白昼カジノの前で殺されると、家族と家族の庇護《ひご》を捨て、バハマに身を隠し、ここナッソーで無防備に普通の暮らしを送っている」

「もう二年経《た》つもの。それほど危険は感じないわ」

完全に危険が去ることはない。本当に彼女の居場所を誰も知らないのだろうか。

サントは片方の眉を吊《つ》り上げた。「それで、きみはどうするつもりなんだ？　一生逃げ続けるのか？」

「いいえ」ジアはいっそう背筋を伸ばし、挑戦的な口調で答えた。「わたしはここで、以前から夢見ていた生活を送っている。もうアメリカへ戻る気はないわ」

何かおかしい。目元と口元が緊張してこわばっているのを見て、サントは思った。だが、それ以上会話を続ける前に、デリラが上機嫌で現れ、エレベイトの発売に合わせた期間限定ショップの話を始めた。

午後のツアーで感銘を受けた店舗のひとつは、ジアがフランスの高級ブランドと組んでデザインしたものらしかった。デリラは、サントの店の内装もジアに任せたいと言った。ジアの仕事ぶりを目の当たりにした彼には断る理由がなかった。

しかし、サントはいまひとつビジネスに集中できなかった。ジアの話が頭に引っかかっていた。完璧な生活を送っているなら、どうして彼女はあんなに不安げな顔をしているのだろう？　血縁の絆を何より大切にしていた彼女がなぜ、家族を捨てた？

どうしてぼくに助けを求めなかった？

そもそも、あの朝なぜ彼女は去っていったのか。四年間繰り返してきた問いが脳裏を駆け巡った。

いいかげん決着をつけたい。

それにはまず、答えを見つけなくては。

2

サントとデリラが会話を終えてしばらくすると、ジアは頭痛がすると告げてパーティを辞した。サントといるあいだは緊張しっぱなしだった。言ってはいけないことを言ってしまうのではないか、知られてはいけないことを知られてしまうのではないか、と気が気ではなかった。しかし、それよりも彼がデリラにふたりの関係を明かさないかどうか確かめるほうが大事だった。

もう安全だと思っていた。時間をかけて新しい生活を築き、知り合いがいそうな集まりは避けて、ようやく自由になれた気がしていた。デリラは慎重に招待客を選んでくれたのだろうが、ジアとサントの関係は知らない。誰も知らない。母とフランコ以外は。

ジアは、ベビーシッターのデザリーを帰すと、レオの様子を見に行った。息子はすでに寝入っていた。胎児のように体を丸め、親指をしゃぶっている。濃く長い睫毛《まつげ》が頬にかかっている。ジアはつややかなブロンドを撫《な》で、いい香りのするやわらかな頬にキスをした。

息子への愛が胸に満ち、神経をなだめてくれた。だが、まだ眠る気になれず、ジアはナイトウェアに着替えると、ホットミルクでも飲もうとキッチンへ向かった。

サントが彼女の話をほとんど信じていないのは感じた。たぶん矛盾だらけだと思っているのだろう。それでも彼は秘密を守ってくれるはずだ。でも、デリラのホテルに〈スーパーソニック〉のブティックを開くとなれば、彼がこれからも頻繁にバハマを訪れるのは間違いない。いや、部下を送り込むだろうか？ 本人は出向かない可能性もある。

けれども、そうではなかったら？ 不安でたまらない。息苦しいほど。

ドアをノックする音がして、ジアはふと現実に戻った。デザリーが忘れ物でもしたのだろう。彼女はこんろの火を止め、玄関ドアを開けた。「何か――」言いかけて、息をのんだ。ドア枠に寄りかかっていたのはサントだった。

心臓が跳ねあがった。肌もあらわな絹のネグリジェを着ていることを思い出し、腕を体に巻きつける。「サント」かすれた声しか出なかった。「どうしてここに？」

「答えてほしいことがある」ジアが呆然《ぼうぜん》としているあいだに、サントは彼女の脇を抜けてずんずん部屋の中へ入っていった。ジアは激しい鼓動を抑えて振り返った。

「どうしてわたしの家がわかったの？」

「きみがデリラに言ったジョークさ。丘を滑り降りて家に帰るっていう」

しまった。ジアは唇の裏側を噛《か》んだ。頭がちゃんと働いていなかったのだ。あのときはただ、その場を立ち去りたい一心だった。とにかくサントに帰ってもらわなくては。でも、どうやって?

彼の顔を見あげ――見なければよかったと思った。ふたりのあいだにびりびりと電流のようなものが流れ、全身に広がってつま先まで痺《しび》れが走る。ジアは深く息を吸って乱れる思いを封じ込めた。カスティリオーネとして身につけた超然とした態度を懸命につくろった。「それで、何をききたいの?」ドア枠に手をついてたずねた。

「どうしてきみがここにいるのか。実際のところ何があったのか、だ」

「その話はしたはずよ。それに」ジアはぴしゃりと言った。「話をするには遅すぎるわ」

「まったく同感だね。四年前にするべきだった。だが、しないよりはましだ」

ジアの胃がずしりと沈んだ。彼はあきらめるつもりはないらしい。サントの意思の強さは知っている。何かをほしいと思ったら、手に入れるまで求め続ける人だ。「頭痛がするの。どうしても話したいというなら、明日にしてくれない?」

「明日には飛行機に乗っている。だからだめだ」彼がリビングルームを指し示した。「そこで話せるか？」

ジアはパニックを抑え、できるかぎり冷静に応じた。「それよりポーチで話しましょう。外のほうが涼しいわ」

「案内してくれ」

ジアはドアを閉め、彼の先に立ってカリブ海が望める広いポーチへ出た。深夜の海は月明かりにきらめき、そよ風が椰子《やし》の木を揺らして、ブーゲンビリアやフランジパニの甘い香りが漂っていた。けれどもいまのジアには、そうしたものを感じとる余裕がなかった。サントは手すりに寄りかかり、無言で彼女を見つめている。

ジアは腕を組み、つんと顎を上げた。「何が知りたいの？」

「まずは、どうしてバハマに隠れて暮らしているかだ。お母さんが心配しているだろうに。それを考えなかったのか、ジア？」

何も考えなかった。レオを守るためにすべきことをしただけだ。後悔はない。

「置き手紙を残したわ。無事でいることはわかっているはずよ」

サントの目に暗い感情が閃《ひらめ》いた。「どうしてぼくに助けを求めなかった？　ぼくが力になるのはわかっていただろう」

ジアは睫毛を伏せた。「わたしたちは終わったのよ、サント。お互いに別の道を進んでいたのに、いまさら連絡なんてできるわけがないでしょう」

「それは本当の理由じゃない」彼は穏やかに否定した。「そもそもあの朝、どうしてさよならも言わずに出ていった？　どうして逃げたんだ？」

「サント」ジアは低い声で言った。「やめて」

彼は唇を歪《ゆが》めた。「きくなと言うのか？　あの夜、きみはどうしてぼくの腕に飛び込み、処女を捧《ささ》げたのか。あれだけのものを分かち合いながら、どうしてきみは立ち去り、ほかの男と結婚したのか。翌朝、どうしてぼくはひとりで目覚めなくてはならなかったのか。置き手紙のひとつもなかった」彼は片方の眉を吊《つ》り上げた。「そのどれが、ぼくをいちばん混乱させたと思う？」

ジアは目を閉じた。胸に焼けつくような痛みが走り、息をするのも苦しかった。「わたしが婚約していたことは、あなたも知っていたはずよ」

「気が変わったんだと思った」彼の口調には、ジアの胸に突き刺さる切ない響きがあった。「あの晩、きみはいつになく感情的だった。無防備に感情をさらけ出し、いまの生活から抜け出したいと言った」

「そのあとで自分のしていることに気づいたのよ。翌日にはラスベガスの人口の半分ほどの人たちの前で婚約を発表することになっていたわ。逃げ出すわけにはいかなかった。そんなことをしたら、父とロンバルディ一族の顔を潰すことになるもの。どれだけ逃げたくても、できなかった」

彼女がラスベガスの賭博王の後継者フランコ・ロンバルディと結婚することは、十四歳のときから親同士のあいだで決まっていた。父の帝国を強固なものにするための、いわば政略結婚だ。

好きな仕事に就くことや、愛する男性と結婚することは、はなからジアの人生の選択肢になかった。ただサントと過ごしたあの晩だけ、愚かにもそのことを忘れたのだ。

ジアは深く息を吸い、荒々しい感情を映すサントの瞳を見つめ返した。

「何も言わずに立ち去るのがいちばんだと思ったの。わたしたちに未来はなかった。あなただってそれはわかっていたでしょう」

サントがさらに近づいてきた。高価なアフターシェーブローションの香りに鼻孔をくすぐられ、ジアは頭がくらくらした。「そうじゃない。きみはぼくたちのあいだにあるものと向き合うよりも、定められた運命に従うほうが楽だから、逃げただけだ」

あと少しで肌が触れてしまいそうだ。この筋肉質な体があの運命の夜、ジアを天国へといざない、また現実へと連れ戻した。思い出すと、知らず知らずのうちに体の奥が熱くなる。いまもあのひとときは、あとに続いたつらい日々と引き換えるだけの価値があったと思える。

サントの瞳が夜の闇のような陰りを帯びた。ジアはただ魅入られたようにその瞳を見つめた。あと一歩でわたしは彼の腕の中。少し頭を傾ければ、唇が重なる。

ひとたび情熱に火がついたら、行くところまで行くしか道はない。それが昔からふたりの問題だった。とはいえ、ジアが何をしたか知ったら、彼は決して許してくれないだろう。

心臓が壊れたように脈打つのを感じながら、ジアはそっと一歩下がった。「あなたの言うとおりかもしれない。でも、もう過ぎたことよ。だから話はこれくらいにしましょう」

彼の顔を無数の感情がよぎった。同意すべきか否か、心の中で葛藤しているようだ。ジアは息を詰めて返事を待った。だが、ふと彼がジアの背後に目を留め、戸惑った表情を浮かべた。

頭の中で警報が鳴り出し、ジアはゆっくりと振り返った。レオがとことことポーチへ出てくる。話し声で目を覚ましたのだろう。親指をしゃぶり、青い毛布を引きずってさらに数歩進み、ぽっちゃりとした腕を持ちあげ、母親に言った。「抱っこ」

ジアは駆け寄って息子を抱きあげ、しっかりと胸に抱いた。貨物列車が頭上を通り過ぎたかと思うほどの大音量で脈の音が耳にこだました。サントは眉をひそめてその場面を見守っている。レオを見るまなざしに好奇の光が宿り、やがて彼ははっとしたように目を見開いた。

ふたりは瓜《うり》ふたつだった。

それが何を意味するか気づいたのだろう。サントの顔から血の気が引いていった。

自分と同じダークブラウンの瞳を見つめながら、サントは震える息を吐いた。大人になってからディ・フィオーレ三兄弟を悩ませた、額の逆毛まで同じだ。彼は目の前の子どもの髪をそっと撫でた。

そんなはずはない。この子はロンバルディの子だ……。ただ、ジアにしがみついている幼子にイタリア人特有の尖《とが》った顔の面影はなかった。鏡を前にしているかのように自分と同じ顔が見つめ返してくるばかりだ。胸の奥底では、すでに答えはわかっていた。強い磁力のようなものをこの子に感じる。

そしてジアの目に浮かぶ動揺がすべてを物語っていた。彼女は怯《おび》えた表情で、子どもをしっかりと抱きかかえている。今宵《こよい》の出来事が次々と蘇《よみがえ》ってきた。なぜジアは自分と会ってあれほどおののいていたのか。なぜ一刻も早く帰りたがったのか。

四年間隠してきた秘密を守るためだ。

サントはなんとか気持ちを立て直して言っ

た。「子どもがいるとは知らなかった。いくつなんだ？」

彼女は答えなかった。心臓が喉元までせりあがってくるのを感じながら、サントは待った。

「くそっ《ダンナツィオーネ》、ジア。質問に答えてくれ」

「三歳よ」

足元の地面が崩れ落ちていく気がした。自分が知っていたはずの現実は、もはや実体をなくし、灰色の靄《もや》に覆われていった。静寂は耳を聾《ろう》するばかりだ。

「おともだち？」幼児は好奇心に満ちた目でサントを見あげ、小声で言った。

友だち？　サントは思わずむせそうになった。

ジアの顔がつかのま、悩ましげに歪む。

「そうよ。お友だち。でもあなたはもう寝ましょうね」ちらりとサントを見た。「この子を寝かせないと――」

「行ってくれ」サントは短く答えた。自分の息子がふたたび遠ざけられようとしている。世界が足元から揺らいでいる――だが、表向きは冷静を装った。「その子が寝たあとで話をしよう」

待っているあいだの十分間が永遠に思えるほど長く感じられた。サントは蝉《せみ》の鳴き声を聞きながら、ポーチを端から端まで行ったり来たりし続けた。あの晩は避妊具を使った。

それは間違いない。ただ避妊具は絶対ではないし、実際のところジアがレースの下着を脱いだあとは、爆発したような情熱に突き動かされ歓喜に酔ったことしか覚えていない。

頭が混乱し、足取りが重くなる。だが、事実を確認するまでは、胸にのたうつ激しい感情に蓋をしておかなくてはと自分に言い聞かせた。

ジアが足音を忍ばせてポーチに戻ってきた。Tシャツとヨガパンツに着替えている。蒼白《そうはく》な顔をして、彼の目の前で足を止めた。

「あの子はぼくの子だな?」

彼女の喉元が引きつった。「ええ」

これまで経験したことのないような怒りが湧き起こった。体の脇でこぶしを握って抑えようとしたが、無駄だった。軛《くびき》を逃れ、喉元にせりあがって、低いうめき声となって口から飛び出した。

「サント、説明させて」ジアが必死で訴える。

「何を説明するんだ?」サントは声を荒らげなかった。「三歳の息子がいるとぼくに告げなかったことをか? 納得できる説明なんて、この世にあるとは思えないが」

「フランコが」彼女は絞り出すように言った。「あなたを殺すと言ったの」

サントは口をあんぐりさせた。「何を言っているんだ?」

ジアは手すりに寄りかかり、片手を額に当

てた。「フランコと結婚する二週間前に妊娠していることに気づいたの。怖かったわ。どうしていいかわからなかった。父には言えなくて、母に相談した。母はフランコに話すべきだと言ったわ」

「ぼくに相談すべきだった」サントは歯噛みした。「それが普通だろう」

「そうしたところでどうなったと思うの?」彼女が言い返す。「わたしは巨大な権力を持つ男性と結婚することになっていた。当時、危機的な状況だった父のラスベガスでのビジネスを立て直すために。逃げ道はなかったわ」

サントは怒りに燃えた目で彼女を睨《にら》んだ。

「だからきみは、ぼくの子どもを宿していながらロンバルディと結婚したのか?」

「そんな単純な話じゃないのよ」ジアは激しくかぶりを振った。「フランコは怒り狂ったわ。わたしの一度の過ちのせいで、組織の共存も危うくなった」彼女は手で髪をかきあげ、深く息を吸った。「フランコはようやく落ち着くと、それでも結婚はするしかないと言ったわ。おなかの子は自分の子として育てると。誰にも知られず、わたしが二度とあなたに会わないなら、と」

顔を上げた彼女のグリーンの瞳には涙が光っていた。

「もし会ったら、あなたを殺すと言ったの」

なんてことだ《マレディツィオーネ》。サントはいま聞いた話が信じられなかった。「自分の身くらい自分で守れる。きみはぼくのところに来るべきだった、ジア」

彼女はかぶりを振った。「フランコから身を守るなんて不可能よ。彼はその気になったら誰であろうと抹殺できる力を持っていた。そして間違いなく実行したわ」

それでもサントとしては納得できなかった。ジアが父親を恐れていたのは知っている。だからこそロンバルディと結婚したのだ。結婚を取りやめ、父親の顔に泥を塗るなどということは考えられなかっただろう。だが、ぼくの息子をロンバルディに差し出した？　そうやって世間を欺いた？　それは理解しがたい。

体の中で怒りが熱く脈打つのを感じながら、サントはじっと彼女を見つめた。「それで、きみはぼくの息子をフランコ・ロンバルディに育てさせたのか？　きみが育ち、忌み嫌う、暴力に満ちた環境で？」

ジアはふたたび激しくかぶりを振った。「わたしはレオを守ったわ。あの子を暴力にさらしたことはない。フランコもそれはわかってくれていたわ」

レオ。息子の名前はレオというのか。サントはその名を頭に刻んだ。「それなら、どうして家を出た？　フランコの死後、どうしてきみの家族の元を去ったんだ？」

彼女の顔になんとも表現しがたい表情がよぎった。「フランコは白昼殺された。もう自分が安全だとは思えなくなったわ。誰も信用できないし、レオの身を守れるのは自分だけだと思った。だから逃げたの」

息子が危険にさらされたかもしれないと思うと、サントの胸にふたたび怒りがこみあげた。「それでデリラのところに？」

「ええ」ジアは瞼《まぶた》を伏せた。「彼女はフランコのホテルの内装を手がけたことがあって、そのときに親しくなったの。彼女もわたしたちの結婚がうまくいっていないことはわかっていたんだと思う。何もきかず、必要なら力になると言ってくれた。だから彼女に助けを求めたの。事情を説明したら、協力してくれたわ」

「きみのお母さんは、きみの居場所を知っているのか？」

「ええ」ジアは認めた。「母だけは知っているわ。デリラを通じて連絡を取っているの」

サントは手で髭《ひげ》の伸びかけた顎をさすった。まだ頭が混乱している。その状況で彼女が取るべき道は別にあったはずだ。「フランコがいなくなったのに、どうしてぼくのところへ来なかった？」

ジアの頬が赤く染まった。「あなたは毎週のように違う女性と浮名を流していたわ。それに仕事で世界中を飛び回っていた。身を固める気がないのは明らかだったもの」

「ジア」彼はうなるように言った。もどかしさのあまり、いまにも理性のたががはずれそうだ。「本当のことを言ってくれ」

美しいグリーンの瞳がきらめいた「怖かったの」彼女は静かに認めた。「あなたが許してくれないんじゃないかと思ったし、レオを取られてしまうのではないかと怖かった」

彼女の言うとおりだったかもしれない。けれどもいまサントは、やはり怒りしか感じられなかった。息子はもう三歳になる。どれだけの貴重な瞬間を、祝いごとを、すばらしい思い出を逃したのだろう。

昔からいつか完璧な家庭を持ちたいと願っていた。自分には与えられたことがないものだ。親友のピエトロが育ったような家庭――家族が散り散りになったときに自分をあたたかく迎えてくれたあの家庭が理想だった。ところが目の前にあるのは、存在すら知らなかった息子と、ほかの男を選んだ、複雑で信用できない女性。

サントは叫び出したかった。

状況がどうあれ、ジアはぼくに真実を告げるべきだった。何も言い訳にはならない。そのとき自分が理性的な対応ができたかどうかはわからないが。

向きを変え、手すりに手をついてきらめく海を見つめた。明日の朝には発《た》つつもりでいたが、いまとなってはそうはいかない。実際のところ、息子のレオ――ジアの祖父の名前から取ったのだろう――から目を離したくなかった。もっとも今夜は、ふたりは安全と思っていい。デリラの所有地の警備体制は万全だ。それに、サントとしても気持ちを鎮める時間が必要だった。

振り返ると、ジアが不安そうにこちらを見つめていた。「何を考えているの？」

「考える時間が必要だ」

ジアは懇願するようなまなざしで彼を見た。「わたしたちはここで何不自由なく暮らしているの、サント。レオもわたしも幸せなのよ。この土地にもなじんだわ。レオは毎日午後には浜で遊べるし、仲のいい友だちもいる。カスティリオーネだという恥辱に苦しむこともないの」

「彼はディ・フィオーレと名乗るべきだ」彼の口調にこもる強い感情が静かな夜にこだました。「いいか、ジア。きみはどれだけのものをぼくから奪ったか、考えたことがあるのか？　盗んだと言ってもいい」

ジアは蒼白な顔で、それでも毅然《きぜん》と顎を上げた。「わかっているわ」小声で答える。「レオのためによかれと思ってしたことよ」

サントは思わず鼻を鳴らした。「そう考えただろうことは想像がつく。でもだからこそ、あきれるよ。善悪の区別があいまいなその考え方は、いかにもカスティリオーネ的だ」

　ジアの顔にショックの色が広がる。

　だが、サントはかまっていられなかった。

「こうしよう」彼は事務的な口調で言った。「明日こちらから連絡する。いつでも応じられるようにしておいてくれ。でないとぼくは、あらゆる情報源を使ってきみを見つけ出さないといけなくなる。そうなったら、きみは息子に別れを告げるしかなくなるぞ。母方の犯罪組織との関係を鑑みれば、地球上のどの法廷も、養育権は父親にあると判断するだろう。逃げ回るのはもう終わりだ、ジア」

3

　ジアは眠れず、ベランダの椅子に座って海を見つめていた。カリブの宵闇があたりを覆い、星がまたたく中、四年間苦心して守ってきた秘密が明かされたという事実と向き合おうとしていた。このあとわたしは、どんな報いを受けることになるのだろう。少なくとも、もうこのままではいられない。サントは別れ際に、はっきりとそう告げた。

　胃が縮こまって固い石となってしまったよ

うだ。てのひらを腹に押し当て、しこりをほぐそうとしてみる。息をするのも苦しい。わたしは本気で、永久に秘密を守れると思っていたのだろうか？　レオへの愛だけで、自ら築いたこの楽園を維持していけると、真実が明らかになることは決してないと、愚かにも信じていたのだろうか？

不安が頭をもたげるたび、レオの身の安全が何よりも大切だと自分に言い聞かせ、心の隅へ押しやってきた。けれどもあの裏切り行為が消えることはなく、心の奥底につのり彼女を苛《さいな》んだ。自分のしたことが間違いなのは、サントに言われるまでもなくわかっている。ただ、ほかに方法がなかっただけだ。

けれどもいま、公正な目で改めて自分の行動を振り返ってみると、自責の念が胸に重くのしかかってくる。あのときは自分の決断が明快そのものに思えた。息子を守るため。だが今夜、サントの顔に浮かんだむき出しの感情を目の当たりにして、ジアは自分が彼から何を奪ったのかを思い知らされた。やはり身勝手な、許されない行為だったのかもしれない。

そしてそのどれも、あのとき一瞬、心に隙が生まれなければ避けられたはずだった。ジアは腕を自分の体に巻きつけた。

婚約披露パーティの前夜、彼女はフランコと結婚するものと覚悟を決めていた。幼いころから自分の生きる目的は、政略結婚によってカスティリオーネ一族をさらに繁栄させることだと教え込まれてきた。けれども空港でサントとばったり会ったことで、運命の歯車が狂いはじめた。

その夜は冬の嵐が東海岸を襲い、航空便は欠航が相次いだ。フランコが怒るのは確実で途方に暮れたものの、ジアはやむなくサントとともに近くのホテルに一泊することにした。天候が悪かったので、食事はホテルのバーで一緒にとった。

高校以来、どちらも忙しい日々を送っていた。サントは兄とともに会社を設立し、ジアはデザインの勉強を終えて、マンハッタンの会社で見習いとして働きはじめたところだった。ときおり会うことはあったが、ふたりのあいだには互いに一定の距離を置くほうがいいという暗黙の了解が生まれていた。それでも彼とのつながりを完全に切ってしまうことは、ジアにはできなかった。サントは人生があまりにつらくなったときの、一種の避難所だったから。

外では猛烈な風が吹き荒れていたが、ジアの心の中にもさまざまな感情が渦巻いていた。自分が何をしようとしているのか、それがどういう結果を招くかを考えると恐ろしかった。それでも、そのときだけは決心が揺らぎ、ただ感情のままに行動したい、自ら運命を選びたいという欲求が勝った。ひと晩だけ。サントのような男性とひと晩過ごすというのがどういうものか知りたい。初めて会ったときは十八歳の少年だった彼が、いまでは堂々とした魅力的な大人の男性に成長していた。

食事をしながら、高価なイタリアワインのアマローネのボトルを空け、ジアはかつてないほど生きている実感を味わった。テーブル越しにふたりのあいだで情熱が熱く脈打つのが感じられた。やがて、サントが超人的な自制心を発揮して、そろそろ寝ようと言い出したときには、激しく落胆した。

それで終わりのはずだった。高層階へ向かうエレベーターの中でふたりきりにならなければ。ジアの願望がふたたび情熱となって燃えあがり、ふたりの距離を縮めることがなければ。気がつくと、サントの腕の中にいた。どちらの部屋へ行ったのかは覚えていない。あの夜のことは一生忘れないだろうけれど。一枚服を脱ぐごとに何かが目覚め、生きているとはこういうことだと気づかされた。

愛していない男性と結婚する前の、自分自身のための一夜だった。

けれども、翌朝目覚めた彼女の前には、容赦ない現実が立ちふさがっていた。夜にはフランコとの婚約を発表する大々的なパーティがラスベガスで開かれることになっていた。その瞬間から、自分は彼のものとなるのだ。

たしかに流れに身を任せるほうが自分のしたこと、そしてサントへの気持ちと向き合うよりも楽だったのかもしれない。どうせ彼はすぐに目移りし、わたしは捨てられるのだと自分を納得させていた気がする。結局のところ、彼の言うように臆病だったのだ。

明け方近く、ようやくベッドに入ったジアは、ぐったりとした顔で起き出した。この安全でささやかな世界が砕け散ろうとしているのは間違いない。そしてわたしにできることは何もないのだ。

ホテル内の保育所にレオを預けた。息子が笑顔で友だちに駆け寄る姿を見て、胸が熱くなった。この子を失うわけにはいかない。レオはわたしのすべてだ。三年間、ふたりだけで生きてきた。それなのに……。ジアは二度と味わいたくないと思っていた無力感に苛まれた。力を持つ人間に意のままにされる生活なんて、二度とごめんだ。

オフィスに入ると、しばらくしてデリラが現れた。彼女はいつもジアの心情を正確に読みとる。スーツに合わせた深紅のマニキュアを施した指でコーヒーカップを口元に運びながら、さっそく切り出した。「わたしの努力は無駄だったわね。気の毒にジャスティンは傷心を抱えて帰ったわ。あなたとサント・ディ・フィオーレのあいだには何があるの？」

ジアの胃がひっくり返った。「気づいた

の?」

「あたりまえよ」デリラはあっさりと言った。「あなたたちのあいだの緊張感は手に取るようにわかったわ。彼ったら、わたしの話なんてほとんど耳に入っていなかったじゃない」

ジアは喉の大きなしこりをのみくだした。「サントはレオの父親なの。実の父親」

デリラは口をあんぐりさせた。はずみでカップからコーヒーがこぼれる。彼女はカップをキャビネットに置き、手にかかった液体を振り払った。「ごめんなさい。もう一度言ってくれる?」

ジアはデスクにあったナプキンを彼女に渡した。「サントと結婚前にひと晩だけ一緒に過ごしたの。そのときに妊娠したのよ」

デリラは呆然《ぼうぜん》とジアを見つめた。「どうして? 結婚は決まっていたんでしょう?」

「わたしは怖くて、怯《おび》えていた。そんなとき、隣にサントがいたの」ジアは椅子の背にもたれ、深く息を吸った。「わたしたちは同じ高校に通っていたの。彼はふたつ年上でスポーツ万能。学校一の人気者だったわ。一方、わたしははみ出し者。誰も近寄りたがらないし、近づいてくる子がいても、ダンテに追い払われてしまった」

ジアは続けた。

「でも、サントはカフェテリアでわたしの横に座って、話しかけてくれたの。それがごく自然なことみたいに」あのとき、わたしは舌が固まったみたいに何も喋《しゃべ》れなかった。当時を思い出してジアは唇を噛《か》んだ。「わたしはたちまち夢中になった」

「彼と恋に落ちたのね」デリラがきっぱり言った。

「そうすんなりとはいかなかったわ。わたしにはフランコがいたから――」ジアはふさわしい言葉を探した。「だから友だちになったの。朝、一緒にランニングしたり、カフェで話をしたり。たしかに惹《ひ》かれ合ってはいたわ」彼女は認めた。「でもダンテがそれに気づいて、父が彼に警告したの。おまえは娘にはふさわしくない、と」

それでも友情は続き、彼は常にジアの支えとなってくれた。十六歳の誕生日パーティに、やっとできた親友と言えるほどの友だちが親に禁じられて現れなかったとき。希望していたフランスへの交換留学プログラムを警備上の問題から断念せざるを得なかったとき。陸上選手に選ばれて喜んでいたら、父が裏で手を回していたと知ったとき。サントはいつもそばにいて、話を聞いてくれた。

だが、彼とのあの一夜はジアの人生を変えた。フランコは怒り狂い、彼女に二度とサントとは会わないと約束させたのだ。

話を聞き終わると、デリラはサファイアのようなブルーの瞳に共感をたたえて言った。

「だからあなたとフランコの結婚はうまくいかなかったのね。レオのことがあったから」

「ええ」

デリラは眉をひそめた。「サントは事実を知って、どういう反応を示したの？」

「いい気持ちはしていないと思うわ」最大級に控えめな表現だ。

デリラはため息をつき、コーヒーをひと口飲んだ。「サントはいまや、世界でもっとも影響力を持つ男性のひとりよ。彼は息子を取り戻したがっているの？」

ジアはうなずいた。それは間違いない。

「とりあえず冷静に話をしてみることね。そのときに――」デリラはジアの目を見つめながら静かにつけ加えた。「自分が彼をどう思っているのか、見極めたらいいわ。お互い、不完全燃焼のままの思いがあるようだから」

忠告の後半は無視してよさそうだ。サントが彼女を憎んでいるのは疑う余地がない。もっとも前半部分についても自信がなかった。昨夜、別れ際のサントは冷ややかで頑《かたく》なだった。見知らぬ人のようだった。こちらの話を聞いてくれるかどうかはわからない。

でも試してみなくては。わたしは最善の道を選んだのだとサントに納得してもらうしかない。そうでないと、すべてを失うことになる。

サントはスイートのテラスで手すりにもたれ、空をピンクに染める見事な夕陽《ゆうひ》を眺めていた。前夜は自分に三歳の息子がいるという衝撃的な事実を頭の中で消化することに費やした。気持ちを静めるために延々と浜辺を歩き、この先どうするべきか考えた。そして、これしかないという解決方法を見出《みいだ》した。

今朝、ニューヨークにいる顧問弁護士に相談した。彼もサントの提案を〝唯一可能でクリーンな解決策〟と太鼓判を押した。戸籍上のレオの父親の名も訂正しなくてはいけないが、それには複雑な手続きが必要となるだろう。考えるだけで頭が痛くなる。今朝、兄が別れ際に放った言葉がさらに頭痛に拍車をかけた。

〝ぼくがどう思っているかはわかるな〟

わかっている。だが、父のようにならない自信はある。父はダンサーだった母と、妊娠がわかって結婚した。母を盲目的に愛していたために、その実像が見えなかったのだろう。母は決して満足しない女性だった。妻にも母にもなる気はなかったが、お金のために父との結婚を承諾した。

ぼくとジアの関係は違う。父は感情ですべてを決めたが、ぼくは――いっときは感情に溺れたかもしれないが、いまは理性で判断している。そして子どもが最優先だ。

ジアは六時半きっかりに現れた。当然だ。

いまの時点ですべてのカードを持っているのは彼のほうなのだから。そしてカードは効果的に使わせてもらう。だが、そんな思惑も、ドアを開けて戸口に立つ彼女を見たら、つかのま忘れ去られた。

ホルターネックのオリーブグリーンの膝丈ワンピースが、彼女の完璧な曲線を引き立てていた。高校時代に男子生徒の目を釘《くぎ》付けにした美しい背中があらわになっている。

心を動かされたことを認めるまいとサントは視線を上げ、彼女のやつれた顔を見た。リップグロスをつけているだけで、ほとんど化粧はしておらず、目の下には隈《くま》ができている。いかにも頼りなげだ。彼女は不安を抱え、怯えている。普段ならその表情はサントの心の琴線に触れるところだが、いまは違った。

手振りで彼女に座るよう勧める。「何か飲むか？」

ジアはかぶりを振って椅子の肘掛に腰をのせた。サントはバーまで歩き、スコッチを注《つ》いだ。氷を加え、彼女のほうに向き直る。

ジアは彼を見つめたまま下唇を噛んだ。「ゆうべはお互い、冷静とは言えなかったわね」ためらいがちに切り出した。「感情的になってしまったわ。仕切り直して、この先どうすべきか、改めて話し合いましょう」

サントは指でグラスを包んだ。「実を言うと、今朝ある結論にたどり着いた。ジア、きみはぼくから息子を盗んだ。ずっとその存在をぼくに隠してきた。昨夜のことがなかったら、この先も隠し続けていただろう。だから、今後のことを決めるのはぼくだ。きみにはそれに従ってもらう」

ジアはごくりを唾をのんだ。「無茶なことは言わないと約束して」

「いろいろ考えた末に決めたことだ。ところで」彼は小首を傾《かし》げた。「きみがここにいるあいだ、誰がレオを見ているんだ?」

「ベビーシッターよ。ふたりだけで話すほうがいいと思ったから」

「仕事のある日は?」

「ホテルの保育所に預けているわ」

「保育所?」彼はまるで汚いものであるかのようにその言葉を口にした。息子を他人に預けるという考えに我慢がならないらしい。

「わたしには仕事があるのよ」ジアは指摘した。「息子を育てるためにも働かなくてはならないわ。レオは保育所が好きよ。みんないい人たちだし」

「つまり、あの子は父親も母親もいない生活を送っているのか?」

ジアのグリーンの瞳がきらりと光った。

「そんなことはないわ。わたしは毎日、早朝から働いて早い時間に上がり、午後の大半と夜をレオを過ごしているの。愛情が足りないなんてことは絶対にない。それにほかの子どもと交流するのはいいことよ。友だちとの付き合い方を学ぶいい機会だわ」

ジアには与えられなかった機会だ。だが、サントもその負の側面なら知っている。家に帰っても待っているのはいつも新顔のベビーシッターだった。彼女たちは長続きしたためしがなかった。そしてあるとき、母は帰ってこなくなった。

当時サントは十三歳だった。父の事業が破綻《はたん》し、家も車もすべてを失ったあと、母は家を出た。父は酒で悲しみを紛らわすようになり、長兄のニコは家族を支えるために働きはじめ、ラゼロはバスケットに没頭した。誰もいない家へ帰るのは言葉にできないほど寂しいものだった。だから親友のピエトロの家に入り浸った。

レオにはそんな思いはさせない。

「息子がほかの子どもと付き合うことには何の問題もない」彼は固い口調で言った。「それどころか大賛成だ。ぼくが言いたいのは、きみはレオから父親を奪っただけじゃなく、血のつながりすべてを奪ったということだ。きみは自分の家族を捨てただけでなく、ぼくの家族も切り捨てたんだ」彼はグラスで彼女を差して続けた。「ニコとクロエにはジャックという二歳になる息子がいる。レオは自分の従兄弟《いとこ》を知らない。それが正しいことだと思うか？」

ジアの頬から血の気が引いた。自分の体を抱きかかえるように腕を回し、かすれた声でぽつりと言った。「ごめんなさい。自分のしたことが間違いだったのはわかっている。でもあのときは、レオのためにこうするしかないと思ったの。必要なら何度でも同じ過ちを繰り返すと思うわ。あの子をカスティリオーネ家の者として育てたくない。家を出たとき、わたしの頭にあったのはそれだけだった」

挑戦的に上を向いた彼女の顎と燃えるような瞳を、サントはじっと見つめた。それはまさに、彼をひと晩中眠れなくしたものだった。ジアは結局のところ、正しいことをしたと信じている。ただひとつの世界しか知らないから。血のつながりと家族への忠誠が何より大切な世界。力と恐怖に支配されたその世界では、ジアは完全に無力だ。だから彼女の目には、逃げ道はないと映ったのだ。

サントは目を細くして彼女を見やった。「ときがきたら、レオにはどう話すつもりだった？　真実か？　それとも父親は犯罪者だったと告げるつもりだったのか？」

ジアはびくりとした。「そんな先のことまでは考えていなかったわ」彼女は認めた。「ここでは生きるだけでせいいっぱいだった。ともかくレオが元気で幸せでいることを何より優先してきたの」

それは疑う余地がない。だからこそ、サン

トとしてもただ息子を奪って立ち去ることができないのだ。どれだけ腹が立とうと、かつて彼女がしたように、ただ立ち去ることはできない。彼女の事情も考慮してあげなくては。以前の人生を捨てるには、相当な覚悟が必要だっただろう。幼いころからあれだけ恐怖心を植えつけられてきたのに、レオを思えばこその勇気ある行動だった。その点は認めざるを得ない。

ジアは不安げな目を向けた。「過去を変えることはできないわ、サント。でも、これから正していくことはできる。あなたはレオの人生にかかわっていきたいんでしょう？　わたしもゆうべ考えたの。いつでもここに訪ねてきて。あなたがそばにいることにあの子が慣れたら、そのうち――事情を理解できるくらいの年齢になったら、真実を告げてもいいと思うの」

サントの体の奥から熱いものがゆっくりと広がり、血を沸き立たせた。いまにも爆発しそうだ。「ぼくが訪ねていったとき、レオにどう説明するつもりだ？　ゆうべのように〝友だち〟と言うのか？　ほかに何人の友だちがいる？」

ジアは凍りついた。「わたしはここで生活を築き、キャリアを磨いてきたの。デートをしている余裕なんてなかったわ。仕事をして、レオと過ごす。三歳児に手がかかることくらい想像がつくでしょう」

「つかないね」サントはそっけなく言った。

「そういうことを知る機会はきみに奪われたんだから。きみはぼくからすべてを奪った」

ジアは顔色を失った。サントはバーカウンターにグラスを置いて続けた。

「ぼくはあの子の父親なんだ。週末だけ会いに来ればいいと言われて満足できると思うか？」彼は首を振った。「ぼくは毎日息子と過ごしたい。一緒に目覚め、公園へ連れていき、キャッチボールをしたい。寝かしつけながらその日一日の話を聞きたい。すべてがほしいんだ」

「でも、あなたの住まいはニューヨークでしょう。レオはナッソーで楽しく暮らしているわ。週末に会うという取り決めがいちばん現実的だと思うけれど」

「到底受け入れられないね」彼は低い声で言った。「ぼくにひとつ提案がある。それを受け入れるか、でなければ話し合いは終わりだ。交渉の余地はない」

ジアの顔に浮かぶ警戒の色が濃くなった。

「どういう提案？」

「子どもの利益を最優先に考えた提案だ。きみはぼくと結婚し、一緒にニューヨークで暮らす。レオに家族を作ってあげるんだ」

高い書棚から本が落ちるように、心臓がず

しんと沈んだ。ジアは愕然《がくぜん》とサントを見つめた。彼の申し出のどの点がいちばんショックなのか、よくわからない。自分を憎んでいる相手とまたしても結婚せざるを得ないことか。それとも、ここで築いた生活を捨ててニューヨークに戻らなくてはならないことか。

ジアは首を振った。「そんなことはできないわ。いまのわたしの生活はここにあるのよ、サント。レオも気に入っているわ。すべてを捨てていくなんて無理よ」

彼は頑なな表情を崩さなかった。「ぼくは世界でもトップクラスの企業を共同経営している。本部はマンハッタンだ。ここがいかに魅力的な土地でも、バハマに拠点を移すことはできない。現実として不可能だ」

ジアは首のうしろをさすった。すでにわたしはかつての生活をきっぱりと断ち切った。いまさら戻るなんてできない。父は十年前、賭博ビジネスに専念すると決めたときにラスベガスへ移住したが、いまでもニューヨークで幅をきかせている。どこで顔を合わせるか、わかったものではない。

そう思うと寒けが走った。「わたしはニューヨークには戻れないわ」ジアはきっぱりと言った。「どういうことになるかわかるでしょう、サント。レオをわたしの家族の前にさらすことになったら、あの子がカスティリオーネになってしまう」

サントの暗い瞳に冷たい炎が燃えあがった。「レオはディ・フィオーレになるんだ。ぼくが守る。そして、それがもうもうひとつの条件だ。レオをきみの家族に会わせないこと。お母さんだけは例外としよう。ぼくの承諾があれば会いに来てもらってかまわない。条件を破ったら、取り決めは無効となる」

そして、わたしはレオを失うことになるというわけ――。ジアは心臓が氷のかたまりになったような気がした。「父が許さないわ。兄のトマソには男の子がいないの。レオはただひとりの孫息子で、未来の後継者なのよ」

「きみのお父さんにはほかに心配すべきことがある」サントはカウンターから新聞を取りあげ、ジアに手渡した、彼女はさっと紙面を眺め、父に関する記事を見つけた。

〝カスティリオーネ、聴聞会をすっぽかす?〟ジアの心臓が跳ねあがった。記事に目を通す。司法長官は組織犯罪の撲滅を目指し、翌月ワシントンで一連の聴聞会を開く予定だ。当然ながら父は招聘《しょうへい》されたが、これまた当然ながら出席を拒み、イタリア南部のカラブリアに長期滞在を決め込んだと書かれていた。

ジアは深々と息を吸った。母には大打撃だろう。父は母のすべてだ。生活のすべてが父を中心に回っている。

「兄が跡を継ぐだけよ」ジアは言った。

「そうかもしれない」サントも認めた。「だが、すんなりとはいかないだろう。さしあたってラスベガスのビジネスを維持するだけで、おそらく手いっぱいになる」

それはそうだ。父もしばらくは身をひそめているしかないだろう。姿を現すのは、おそらく司法に対抗する手立てを万全に整えてからだ。

「でもいずれ、父は戻ってくるわ」彼女は淡々と言った。「兄の統率力を信頼していないから。法の手が届かないよう策を尽くし、あとは黙秘権を行使するでしょうね。レオとわたしのこともいずれ耳に入るわ。そんな危険は冒せない」

「きみがお父さんと話をする必要はない。ぼくが話す」

だめよ！ ジアは震えあがった。「父があなたをどう思っているかわかっているでしょう、サント」

笑みとも言えない笑みが彼の唇を歪《ゆが》めた。

「きみにはふさわしくない男か？ 十年前にはっきりそう言われたよ。ところが面白いことに――」サントは皮肉めいた口調で続けた。「いまでは対等な相手として同じ土俵にいる。どういう展開になるか、興味深いね」

想像するだけで、ジアは恐怖に胃が締めつけられた。「父に、自分がレオの父親だと話すつもり？」

彼の黒い瞳がきらりと光った。「当然だ。

うことはない」

そしてカスティリオーネは、二度とレオに会

ジアは自分の周囲で世界が崩れ落ちていく
のを感じた。まるで悪夢だ。父にすべてを告
げるだなんて、それだけはなんとしても阻止
しなくては。

震える足で前に出ると、ほんの数センチま
でふたりの距離を詰めた。心臓が激しく打っ
ている。白いシャツの袖をまくり、ジーンズ
をはいたサントは、息をのむほどすてきだ。
けれども彼は、昔から女性の涙に弱かった。
いまはそんな彼の優しさに訴えるしかない。

「お願いだからやめて」ジアは小声で訴えた。
「あなたが怒るのはわかるわ。わたしのした

ことは間違いだった。でもあそこには戻れな
い。一生戻るつもりはないの」

サントは腕をつかむジアの指を見おろした。
腕の筋肉がわずかにこわばる。それが彼女の
犯したふたつ目のミスだとジアが悟るのに時
間はかからなかった。彼の瞳が熱く陰り、気
がつくとジアは彼の腕の中にいた。

「サント、だめよ……」

ふたりの唇はいまにも触れ合わんばかりだ。
彼のあたたかな息が頬にかかる。力強く男ら
しい筋肉に体を包まれ、ぬくもりが肌に染み
入った。ジアの膝から力が抜けていく。

「残念だが」彼がささやいた。「今回ばかり
はその手は通用しない。ぼくたちは一緒にニ

ユーヨークへ戻るんだ。いまさら悲劇のヒロインを演じても無駄だ」

ジアは頬を真っ赤にして一歩下がった。

「あなたの理性に訴えようとしただけよ」

「きみこそ理性的になってほしいね。ぼくに黙っていたことで、こんな複雑な状況を作り出したのはきみだ、ジア。ぼくの息子を他人の子として届け出たのも、問題に向き合わずに逃げ出したのも。いまとなってはこちらの提案を受けるしかないということを、いいかげん理解してほしい」

ジアはつんと顎を上げた。「逃げたわけじゃないわ。わたしは自由なのよ。あなたも父も、わかっていないようだけれど」

「ニューヨークにいてもきみは自由さ」彼は言った。「何でも好きなことができる」

「自分の求める人生を生きることは別にしてね」ジアは彼を睨《にら》んだ。「わたしはあなたの添え物じゃないのよ、サント。自分なりの夢だってあるの」

サントは肩をすくめた。「それなら、ここに残ればいい。好きなように生きろ。ただし、レオは連れていく」

そのひと言はジアの急所をまともに突いた。怒りが湧きあがり、体の脇でこぶしを固める。「法廷がわたしの味方をしたら?」ジアは言った。「わたしはレオを守るためにアメリカを出た。息子のためならどんなことでもするという証拠になるわ」

「きみの父親は巨大な犯罪組織のボスだ。だいいち法廷に出たら、そういうことがすべて明るみに出る。わかっているのか？」

ジアは息をのんだ。彼は本気で法廷で争うつもりなの？　まさかとは思うが、いま目の前にいるサントはもはや自分の知っている彼ではなかった。

ジアは別の面から説得を試みることにした。

「あなたのお母さまは妊娠がわかって結婚したわ。その結果どうなった？　わたしの両親だってそうよ。便宜上の結婚で、父が母に対して誠実だったことはない。わたしとフランコの結婚も同じよ。わたしたちがうまくいく保証はある？」

サントは顎をこわばらせた。「うちの両親の結婚が失敗に終わったのは、母が金にしか関心がなかったからだ。きみのお父さんは権力と女性をほしいままにすることでエゴを満足させてきた。ぼくたちは違う。レオを第一に考えるという点で合意している。それに、土台となるふたりの歴史がある」

「そうかしら」彼女は言い返した。「わたしたちはもうお互いを知っているとは言えない気がするわ」腰に手を当て、彼の目をまっすぐに見る。「そもそもあなたが毎週付き合う女性を変える生活から足を洗って結婚して、満足できるとは思えない」

「できるさ」彼は間髪入れずに答えた。「なぜなら、レオのための結婚だからだ。ただし、うまくやっていくためにはきみの側の努力も欠かせない。お互い過去から学んでいるはずだ。きみがぼくの提案を受けるなら、あらゆる意味で本当の夫婦になりたいと思っている。失敗に終わらせるつもりはない」

ジアは奈落に突き落とされたような気がした。本当の意味でサントと夫婦になる――その意味を考えると、恐怖に身がすくんだ。あの夜が忘れられない。彼女は身を守る盾とも言うべき衣服をすべてはぎ取られ、ただ彼にすべてを与えるしかなかった――。

ジアは混乱し、これ以上何も考えられなかった。あまりに唐突だ。「考える時間をちょうだい」声にならない声で言った。「あなたは不可能を求めているのよ」

「ぼくが求めているのは自分の息子さ。最初からぼくの子として育つはずだった息子だ」彼はスコッチの残りを飲み干すと、カウンターにグラスを置いた。「二十四時間待とう。きみが正しい判断をしてくれると信じているよ」

4

翌日、ジアは午前中いっぱい脳に霧がかかったような状態で過ごした。本当なら新しいプロジェクトに取りかからなくてはいけないところなのに。デリラがパラダイスアイランドに造設中の新しいリゾート施設の内装を頼まれているのだ。責任は重いが、やりがいのあるクリエイティブな仕事だ。けれどもいまは、意識を集中できなかった。

サントが怒るのは当然だろう。でもレオに家族を与えるためだけに結婚するなんて、正気の沙汰じゃない。もちろん、わたしだってレオの幸せを第一に考えている。あの子が生まれたときからずっと。だけど、またしても慣れ親しんだ、そして満ち足りたこの生活を捨てるなんて、簡単にできることではない。

ニューヨークに移住すればレオをカスティリオーネの影響下にさらすことになる。そしてわたしはふたたび、便宜上結婚した権力者に支配される生活を送るのだ。しかも彼に対して、決着のつかない思いを引きずったまま――。サントといると、最後には拒絶されるとわかっているから日頃つとめて抑えつけている危うい感情を揺さぶられる。

いずれサントは、彼を望まない結婚に追い込んだわたしを憎むようになるだろう。その憎しみはいつかふたりを引き裂く。フランコのときもそうだった。あんな思いはもう二度としたくない。

レオにも悪影響が及ぶだろう。両親のあいだの緊張感を感じとり、心に傷を負うことになるのだ。苦悩する母をずっとそばで見てきた子ども時代のわたしのように。

でも、ほかにどんな選択肢があるというの? 法廷で争うこともできなくはないけれど、時間がかかるうえ、最終的にサントが勝つのはほぼ確実だ。やはり、彼に理を説くしかない。結婚がベストな解決方法ではないということを、レオはここで暮らすほうが幸せだということを納得してもらうのだ。そして、ふたりで妥協案を探ればいい。

午後も半ばになると、ジアは仕事をしているふりをするのをあきらめ、保育所からレオを引きとって、クーラーボックスを手にふたりでビーチへ向かった。絵のように美しいカリブ海の風景が広がっていた。雲ひとつない空は抜けるように青く、海は青緑色にきらめき、波が穏やかに浜に打ち寄せている。三十分もすると、ジアのささくれだった神経も凪《な》いでいった。

敷物に座って膝を抱え、砂遊びをするレオを見守った。ひんやりとした潮風が肌に心地いい。

「ママもほって」砂浜にしゃがみ込んだレオがシャベルを振った。ブロンドが額にかかっている。その輝くような笑みを見ると、ジアの胸は締めつけられた。この子を失うなんて考えられない。

乱れる思いを押し隠し、笑みを浮かべた。

「ちょっと待ってね」

レオが母親の背後に視線をやり、わずかに目を見開いた。「おともだち」

ジアの心臓が飛びあがった。振り返ると、サントがビーチを歩いてくる。白いTシャツに〈スーパーソニック〉のロゴが入った濃紺のショートパンツという姿で、日常的に鍛えている筋肉がはっきりと見てとれた。サングラスで目が隠れ、ブロンドの髪は乱れたままでもとびきりハンサムだ。彼は昔から女性たちの視線を集めずにはおかなかった。

高校時代から人気者だったが、二十代半ばで〈スーパーソニック社〉を上場させると、サントのまわりにはさらに女性たちが群がるようになった。彼女たちはみな、ビジネス界に現れた時代の寵児《ちょうじ》の気を引こうと躍起だった。成功した者もいたが、誰ひとり長くは続かなかった。サントも軽い付き合いを楽しんでいたものの、どの女性も理想にはほど遠かったようだ。

〝ぼくは外見だけでなく中身も美しい女性を

求めているんだ〟彼は以前、またひとり女性を泣かせたあとで、そう言った。心の友となれる女性がいいなら、わたしははじめから候補に入らないわ、とジアは思った。サントが求めるような内面の美しさなど持ち合わせていない。わたしはカスティリオーネの人間だ。それはどこへ逃げようと変わらない。

サントのガールフレンドのひとりだったミス・アーカンソーのアビゲイル・ライトとは違う。彼女は目をみはるような美人というだけでなく、世界中の恵まれない子どもたちへの支援活動を熱心に行う、まさに内面も美しい女性だった。

サントがやってきて隣に腰を下ろした。ジアの心臓が激しく打ちはじめる。「おともだち」レオがうれしそうに言い、好奇心でいっぱいの大きな瞳でじっとサントを見つめた。ジアはどきりとしたが、サントは今度は心構えができていた。

「そうだよ」彼はさらりと答えた。「楽しんでいるかい?」

レオはうなずき、サントをちらちら見ながら砂を掘りはじめた。ジアも横目でサントを見やり――見なければよかったと思った。引き締まった筋肉質な体から目が離せなくなってしまったからだ。サントがサングラスの奥から、彼女のむき出しの肩や日に焼けた脚、ピンクに塗られたつま先へとゆっくりと視線を滑らせる。

「五時と言ったはずよ」ジアは唐突に言った。「ベビーシッターがまだ来ていないわ」

彼は肩をすくめた。「電話会議が早めに終わったんだ。きみがいつも午後はビーチにいると言っていたから、来てみた」

息子に会いたいからね。罪悪感が胸を刺すと同時に、喉に熱いかたまりがこみあげた。ジアは感情を押し殺すことには慣れているはずだったのに、いまはそれが難しい。

「ほって」レオがまたねだった。

サントはサングラスを取って、レオを見た。

「ぼくでもいいかな?」

その声に深い愛情がこもっているのが感じられ、ジアは胸を衝《つ》かれた。レオは値踏みするようにサントを見つめ、やがて言った。

「いいよ」黄色いシャベルをサントに渡す。

サントはシャベルを受けとると、レオと一緒に砂を掘りはじめた。レオは自分がリーダーだとばかりに短い指示を繰り出した。ふたりで〝スッパヒーロの家〟を作るらしい。生まれながらの天才的頭脳を発揮してサントはなんなくその意図を読みとった。何しろスポーツジャージ用の特殊素材を開発して爆発的に流行させ、それによって〈スーパーソニック社〉を巨大企業へと成長させた実績を持っているのだから。

「彼は山の中に住んでいるんだ。そこにはスーパーヘリが離着陸できる秘密基地がある」

そのアイデアにレオは熱狂し、ふたりは砂で何段にもなる精巧な建物を作った。さらに建物の周囲に砂の山を築き、離着陸場や、スーパーヒーローが乗るハイテク自動車用のドライブウェイを増設していく。レオは興奮に目を輝かせ、ぴったりの効果音を口にした。

「ヒューッ。バンバン」

午後の陽射《ひざ》しはまだ強く、サントはシャツを脱いだ。遊び仲間のたくましい体つきにレオは目を丸くし、おじさんはスッパヒーローなのかとたずねた。ジアは唇を噛《か》んで笑いをこらえつつ、同時にもっと重く暗い感情が湧きあがるのを押しとどめた。


ちゃんと会うのは今日が初めてなのに、レオは完全にサントに魅了されている。サントは相手が誰であれ、その場で虜《とりこ》にしてしまうほど魅力的だが、それだけではない。このふたりにはやはり絆《きずな》があるのだ。生まれついた絆が。

サントはレオの父親だ。どうしてわたしは、息子には父親が必要になると考えなかったのだろう。母親の愛さえあれば、父親との絆の代わりにもなると、本気で信じていたのだろうか。

ジアは幼いころからずっと父の愛情を得ようと努力してきた。けれども最後まで認めてもらえなかった。自分が与えられなかったものだから、息子にも必要ないと思い込んでしまったのか。いや、単にそうして自分をごまかしていただけかもしれない。でもサントはいま、息子にありったけの愛情を注ごうとしてくれている。それを妨げる権利がわたしにあるのだろうか。

たしかにわたしは過ちを犯した。許されないことをした。そのことは帳消しにできない。だけど――。

スッパ城がついに完成したと、レオが宣言した。そしてとことこと母親の元へ戻ると、シャベルとバケツを砂の上に置いた。ジアはクーラーボックスに入れていた水のボトルをふたりに手渡した。サントはふたたび彼女の隣に腰を下ろし、ボトル半分の水を一気に飲み下した。レオのほうは数口飲むと、クーラーボックスの中をのぞいて言った。「おなかすいた」

「わたしの出番ね」気がつくと、デザリーが彼らのうしろに立って、レオに向かって両腕を広げていた。レオが駆け寄っていく。「遅くなってごめんね。調子はいかが、わたしのおちびちゃん?」

レオはきゃっきゃっと笑ってデザリーにしがみついた。「いいよ。バナパン?」

「そう、バナナパン。当たりよ」デザリーはちらりとサントを見てから、ジアのほうを向いた。「授業が延びてしまったの。ごめんなさい。家に帰って、おやつにしましょうか？」

「お願いするわ」ジアはサントとベビーシッターを引き合わせ、やがてデザリーとレオがヴィラへ向かうと言った。「わたしも着替えに戻るわ。家で話をしましょう」

「ここではだめなのか？」

たしかにここのほうが気兼ねなく話ができる。だが、ジアにとっては、カリブのビーチというロマンティックな背景と胸の中のもやもやした感情は、好ましい組み合わせとは思えなかった。

反論しようとすると、サントが機先を制した。「座るんだ、ジア」

しかたなく、彼とのあいだに安全な距離を置いて敷物に座り直し、膝を抱えた。

「どうかしたのか？」サントは静かにきいた。

彼が上半身裸で、心臓が秒速一キロくらいで打っていること以外に？　彼がいまでも最高にゴージャスで魅力的な男性であることや、あの夜の情景がいまでも鮮明に脳裏に焼きついていること以外に？

ジアはそんな思いを決然と押しのけた。彼の魅力に屈したことが、そもそも災難の始まりだったのだ。

「あなたたちふたりを見ていて思ったの」ジアは認めた。「いままで自分の決断は正しかったと思っていた。レオを深い愛情で包めば、わたしたちだけでやっていけるはずだと信じてきた。でもさっきのあなたたちを見て、父親と引き離したのはやはり間違いだったとわかったわ」

彼のダークブラウンの瞳に、ジアには読みとれない感情がよぎった。「きみは若く、怯《おび》えていた」

「ええ」ジアはうなずいた。「でも、やっぱりレオはここにいるほうがいいと思うの。うちの家族の影響が及ばない場所に。必ずしも結婚しなくても、ふたりでレオを育てていくことはできるんじゃないかしら」

サントの顔が険しくなった。「それは認められない。いまどきはいろいろな家族の形があるだろうが、そういうのには関心がない。ぼくが求めているのは昔ながらの本物の家族だ。その点は妥協できない」

ジアは胃が引きつるのを感じながら海に目をやった。サントの視線が横顔に突き刺さる。

「何だ?」

「わたしはここで自分自身を見つけた気がするの。そしてその自分が好き。サント、わたしはここにいるのが幸せなのよ」

「ぼくの妻では幸せになれないと?」

おそらくね。わたしはきっと、自分が彼に選ばれたわけでなく、結婚するしかなかったことを意識しながら、彼の理想像に近づこうとむなしい努力を続けることになる。一度は心を通わせた仲であっても、わたしの出自が、いずれふたりの関係を破壊するのだ。これまでもいつもそうだった。

ジアは彼のほうに向き直った。「あなたはわたしに結婚を命じているのよ。父がフランコとの結婚を命じたように。それで健全な関係が結べると思う？　レオにとっても、それが本当に幸せかしら？」

彼の瞳が挑戦的に光った。「これからいい関係を作っていけばいい。以前は友人だったんだ。ふたたび友情と信頼を築けるさ」

ジアの心は揺れ動いた。サントと結婚するなんてあり得ないと思っていた。けれども彼とレオが一緒に遊ぶ姿を見て、息子から奪っていたものを目の当たりにして、ジアは何が正解なのか、わからなくなっていた。

サントが彼女の顎に指を当て、顔を上向かせた。「それがいちばんだと、きみもわかっているんだろう。心を決めるんだ」

ジアの胃がよじれた。たぶん自分以外の人にとっては、それがいちばんの方法なのだろう。口の中に苦いものが広がった。夢を追いかけ、ようやく手にしたところなのに。でもサントは、ほかに選択肢を与えてくれない。

砂浜で遊んでいたふたりの姿がふたたび頭に浮かんだ。彼の申し出を受ければ、レオは毎日でもああして父親と触れ合うことができる。わたしには与えられなかったすべてを与えられる――。そう思うと気持ちが傾いた。

あの子のために自分の夢を犠牲にすることが何だというのだろう。

ジアは喉のしこりをのみ込み、小声で言った。「わかったわ。あなたと結婚します」

結婚を承諾したあとの日々はすべてが混沌《こんとん》としていて、あっというまに過ぎていった。ジアは一度にひとつずつ片づけていこうと思ったものの、すべてがあまりにめまぐるしく、頭が追いついていかなかった。

〈スーパーソニック〉史上最大の発売イベントを目前に控えながらも、レオから片時も目を離したくないサントはすべてを取り仕切った。ニューヨークへ戻る手配から、結婚式にいたるまで。式はデリラの敷地内にあるビーチで、内輪だけで行われることになった。

彼は、ニューヨークに帰る前にジアの姓をディ・フィオーレに変更することにこだわった。妻とレオを守るため、ふたりが自分のものだと周囲にはっきりと示すためだ。ジアとしては誰かの〝もの〟になるという考えには我慢がならなかったが、そのほうが賢明であることは認めざるを得なかった。

また、内輪だけのシンプルな結婚式が、フランコとのこれみよがしで派手な式のあとでは、魅力的に感じたことも否定できなかった。

母は父の不在中一族をまとめるのに忙しく、

出席はかなわなかった。父が聴聞会で証言するか否かで緊張が高まっているいまは、ほとぼりが冷めるまで連絡は絶ったままのほうがいいと考えているようだ。

ジアは無性に母が恋しかったが、しかたがなかった。こうして二年間やってきたのだ。あと数週間くらい、我慢できないことはない。ついに結婚式当日になった。式を見守るのはデリラとデザリーとレオだけ。民間の司祭によって執り行われたビーチでの式はあっというまに終わった。最後に軽く唇を合わせたものの、そのキスも単なる儀式の一環でしかなかった。

サントは家族からジアを守ると約束してくれたが、ニューヨークで暮らせば、いずれ父と鉢合わせすることは避けられないだろう。母は理解してくれたが、父は激高するに違いない。父にとっては家族と忠誠心がすべてなのだ。ジアはそれを裏切った。

頭の中でさまざまな思いが交錯した。空港に着き、待機しているディ・フィオーレの専用機に向かいながら、ジアは振り返るまいと心に念じた。デリラの元を去るなんて、心を癒してくれた楽園に別れを告げるなんて、愚かなことだ。けれども未練は断ち切らなくては。

三時間のフライトでニューヨークに着いた。バハマに来たときはまだ生後六カ月だったレオは最新式のジェット機に興奮し、自分はミッションに向かうスーパーヒーローだと想像をふくらませた。おかげでジアもいくらか気が紛れた。実際には捨てると誓った過去に向かって進んでいるという思いに押しつぶされそうになっていたけれど。

ジアはニューヨークで生まれ育った。フランコと結婚してラスベガスに移るまでずっとそこで暮らしていた。けれどもいま、自分は別人となった。強く、たくましい女性になった。その新しい自分をあくまで守り抜くのだ。ニューヨークに戻ったからといって、以前のような他人の意のままにされる人間に逆戻りするつもりはない。

ほどなく飛行機は、ニュージャージーにある小さな空港に着陸した。美しい五月の宵だった。サントの運転手のベネチオが出迎えてくれた。レオは、スキンヘッドに黒のスーツ姿で元軍人らしい物腰のベネチオに目を丸くし、やがてニューヨークの摩天楼が見えると歓声をあげた。大きな目を見開いて外を眺めていたが、五番街に入る前に寝入ってしまった。車が行き交い、クラクションが鳴り響く。楽園生活のあとでは刺激が強すぎて、ジアは息苦しさを覚えた。

サントはセントラルパークに面した豪勢な二階建てのペントハウスに住んでいた。周囲をテラスが取り囲み、インフィニティプールから街が一望できる。ガラスと暗灰色の素材でできたモダンなリビングルームは吹き抜けになっていて、壁には一面ワインが並び、螺《ら》旋《せん》階段が二階へと続いていた。

サントは眠っているレオを肩に抱き、警戒するように部屋を見渡すジアの視線をさえぎって階段をのぼりはじめた。「このアパートメントは家族向きじゃない」彼は認めた。「いま不動産業者に物件を当たらせているんだ。ニコとクロエはウエストチェスターに家を買った。ハンプトンズも悪くない。郊外がいいだろう」

めまぐるしさに頭がくらくらした。だが、サントの言うとおりだ。ここは子どもが暮らす部屋ではない。ただ、プールがあるのはありがたかった。海がない生活の、ほどよいガス抜きになってくれそうだ。

サントに案内されて、家政婦のフェリシアがレオのために用意した、青で統一された部屋に入った。ナッソーの部屋のような男の子らしい飾りはひとつもないが、先に送っておいたぬいぐるみがベッドの真ん中にきれいに並べてあった。これで、いくらかホームシックが解消されるといいけれど。

息子を起こしてパジャマに着替えさせ、ベッドに寝かせた。目を覚ましたとき知らない場所に怯えないよう明かりはつけたままにし、サントのあとについて二階を見て回った。主寝室は茶系で統一された男性らしい部屋だった。見晴らしのいい窓、巨大なマホガニーの四柱式ベッド、暖炉、星がまたたく天窓。

この部屋で、サントは何人の女性を楽しませてきたのだろう。ジアはそんな思いを押しやり、ふたたび部屋を見回した。ウォークインクロゼットにはすでにジアの服がかかっていた。浴室もまたゴージャスだった。天井からシャンデリアが下がり、サントらしくない華美な装飾がなされている。それでも美しかった。すべて、ジアの肥えた目でも文句のつけようのないくらい完璧だった。

「くつろいでくれ」サントが言った。「ぼくはいくつかメールを送らなくてはならない。

「あとでまた会おう」

会ってどうするの？　ジアはその質問をのみ込み、うなずいた。結婚が決まってから、彼はビジネスライクな態度を崩さない。式のときも手を触れたのは一度だけ。結婚指輪を――息をのむほど巨大なダイヤモンドの指輪を彼女の指にはめたときだけだ。

胸が痛んだ。人生がままならないとき、サントはいつも彼女の逃げ場所だった。力づけてくれる存在だった。けれどもその関係を壊したのは自分だ。あの夜、ふたりが暗黙のうちに引いていた一線を越え、十年来の友情をぶち壊した。そしてもっと恐ろしく激しい何かを目覚めさせたのだ。

たぶんそれも、あの朝こっそり立ち去った理由のひとつだ。ジアは靴を脱ぎながら思いを巡らせた。自分が解き放ったものにどう接していいかわからなかった。

今夜、彼はわたしに何を求めるだろう。シャンデリアの光を受けて、薬指のダイヤモンドがきらめいた。わたしは彼の妻として、初夜を迎えることになるの？　かつて分かち合った狂おしい情熱を思い出すと、頭が真っ白になった。サントはあらゆる意味で本当の夫婦になるのだと言った。

それ以上突きつめて考えるのはやめ、ジアは風呂に入ることにした。マンハッタンの夜景を見ながら、優雅なバスタブでラベンダーの香りがする湯につかった。結局、さらに考える時間ができただけだった。

頭をのけぞらせ、思考回路が普段は極力立ち入らないようにしている領域へ滑り落ちていくに任せる。フランコとの結婚生活は茨《いばら》の日々だった。カスティリオーネとして生きるのもつらかったが、ロンバルディとして生きるのはまさに地獄だった。フランコは父に勝るとも劣らない暴君で、彼女の過ちを決して許さず、常に冷酷だった。それでもレオが生まれたあとは、ホテルの内装をいくつか任せてくれた。

ジアはセンスがよく、フランコもそれは認めていた。だから望みを抱いたのだ。夫とのあいだに子どもができれば、ふたりの仲もうまくいくのではないかと。だが、努力もむなしく、ジアが妊娠することはなかった。

夫婦関係はさらにこじれ、やがてフランコの嫉妬は執念と化していった。ジアは怯え、ただ夫に従うしかなかった。

フランコを責めることはできない。自分が悪いのはわかっている。けれども夫の無神経で残酷な言葉は――不妊を責め、妻としても女としても失格だとあざ笑う言葉は、ジアの胸に突き刺さった。夫は愛人を持ったが、それでもジアには仕事を辞めて子作りに専念しろと迫った。

ジアは完璧な主婦を目指した。パーティを開き、ビジネスには口を出さず、求められるすべての役割をこなした。けれども、ふたりのあいだの溝は広がるばかりだった。そしてある日、夫は射殺され、崩壊寸前だった結婚生活は唐突に終わりを告げた。

ジアは地平線に目をやった。まるで摩天楼から涙が滴るように、無数のライトがきらめいている。自分のサントへの思いが、フランコとの関係を台なしにしたのは間違いない。そして今度は、自分の行為がサントとの関係を台なしにしてしまった。彼との〝関係〟が何だったのかはわからないけれど。

ジアはただ、途方に暮れるばかりだった。

マンハッタンが夜の静寂に包まれるころ、サントはひとり書斎でブランデーグラスを傾けていた。帰国したことを兄に電話で伝え、そのあとはフライト中に溜《た》まっていたメールを処理した。

ジアの元へ行くべきなのはわかっていた。明日からまた忙しくなるから少しでも睡眠を取るべきだ。だが彼は、寝室に戻るのを先延ばしにしていた。頭を整理する時間がほしい。現実逃避にすぎないのかもしれないが。

ぼくは既婚者となって、さらに存在すら知らなかった三歳の息子の父親となって、ニューヨークへ戻ってきた。生活はがらりと変わるだろう。だが、そのことを自分がどう感じているのか、いまひとつわからない。ナッソーでラゼロが口にした言葉が脳裏に蘇《よみがえ》った。

〝彼女と別れたあと、次から次へと女性と付き合ったけど、誰とも長続きしなかったじゃないか……まるで関心がない〟

そうだろうか。たしかに女性に求めるものはいくつかある。アビゲイルのことを生涯の伴侶となる女性かもしれないと本気で考えた時期もあった。だが、彼女は博愛精神には富んでいるものの、情熱に欠けていた。マッサージ師だったケイティは、その手先の器用さで夜は彼を楽しませてくれたが、すぐに飽きてしまった。スザンヌは賢くてセクシーな女性だったが、彼女がニューヨーク州の検事補に昇進したことで、関係は終わった。

人生に自分と同じものを求める女性であること。その点だけは妥協できなかった。伴侶となるのは強い絆で結ばれた相手で、家族を作りたいと願い、家にいて子どもの世話をすることに満足できる女性でなくては。

ブランデーを一気にあおった。年代物のモルトが喉を焼いた。言い訳がましいが、どの女性もしっくりこなかった。ラゼロの言うとおり、問題はやはりジアなのかもしれない。一度は彼女こそ自分の求める女性だと、心の友だと思った。だが、それは幻想にすぎなかった。

当時、サントは十八歳。彼がステファノ・カスティリオーネに刃向かえるはずもなかった。ジアには親の決めた相手がいて、自分には手の届かない存在だ——そう何度も自分に言い聞かせた。四年前の嵐の夜、エレベーターの中で彼女が身を預けてくるまでは。あの瞬間、彼女のひたむきさと情熱を前にして、サントの決意も理性も吹き飛んだ。

翌朝目覚めたときには、彼女の父親と話をつけるつもりでいた。彼女をあの生活から引き離し、ともに未来を築いていくのだと覚悟を決めていた。しかし、彼女は何も言わずに彼の前から去り、一度も振り向くことなくフランコ・ロンバルティと結婚した。ふたりが分かち合ったすべてに扉を閉ざして。

立ち直るのには何カ月もかかった。ジアはあのとき精神的に不安定で、自分のしていることがわかっていなかったのだと無理やり自分を納得させた。あんな面倒な女性はいないほうがいい。そうして彼女のことは記憶の隅に封じ込め、二度と同じ過ちは繰り返すまいと自分に誓った。

グラスを握る指に力がこもる。それなのに、どうしてジアと結婚した?

必要に迫られてのことだ。頭の中で答える声がした。彼女と子どもを守るためには、こうするしかなかった。

だから、あくまでもジアとは理性的かつ実際的な関係を保っていかなくてはいけない。

サントはブランデーの残りを飲み干し、そう結論づけた。自分に与えられたこの家族をひとつにし、本物の絆を作っていくのだ。

グラスをキッチンに戻し、二階へ上がった。妻は入浴をすませ、セクシーすぎない絹のネグリジェに着替えていた。その下に完璧な肉体が隠れていることをサントは知っている。丸みを帯びたヒップ。細いウエスト。てのひらにおさまりきらない豊かな胸。

そのイメージは永久に頭に刻みつけられたままだろう。視線を上げても同じことだった。美しい顔とふっくらとした唇、感情豊かなグリーンの瞳が目に入り、サントは自分の体が反応するのを感じた。

結局のところ、ぼくはまだ彼女に惹《ひ》かれているらしい。だが夫婦なのだから、それも悪いことではないはずだ……。

入浴でいくらか緊張がほぐれたものの、サントが寝室に戻ってくると、ジアの神経はまたしてもぴりぴりと張りつめてきた。

彼は袖をまくりあげ、開いたシャツの襟元からはたくましいブロンズ色の胸がのぞいている。彼は変わっていないようで変わった。筋肉に男性らしい厚みが増した。

サントの視線がゆっくりと彼女の全身をなめていく。頭のてっぺんからつま先へ。口元や胸元、ヒップで少し動きを緩めながら。

昼間まとっていた超然とした態度は消え、そのまなざしにはどきりとするような熱っぽさがこもっていた。「風呂はどうだった？」サントが彼女の目を見つめてきいた。

「リラックスできたわ」ジアは体の脇でこぶしを固めた。「仕事は終わったの？」

「ああ」彼は携帯電話をテーブルの上に置いた。「明日は早朝から会議がある。だが、仕事以外の面では静かな一週間だ。ちょうどよかったよ。きみたちもここの生活に慣れる時間が必要だろう。外出したければいつでもベネチオに頼むといい。アパートメントを離れるときは必ず彼を連れていくように」

ジアはむっとした。「結局わたしはまた、

囚人生活に逆戻りというわけね」

「ぼくはそうは考えていない」サントは穏やかに言い返した。「カスティリオーネでも、ぼくの妻でも、いずれにしてもきみは標的なんだ、ジア。レオも同じことだ。それは、きみが受け入れざるを得ない現実なんだよ」

バハマにいたら、受け入れる必要もなかった現実だけれど。ジアは涙がこみあげるのを感じ、まばたきしてこらえると、ウォークインクロゼットから絹のローブを取り出して羽織った。サントがゆっくりと近づいてきて、彼女の目の前で足を止める。そしてドア枠に手をかけ、出口をふさいだ。

魅惑的なアフターシェイブローションのかおりがジアの鼻孔をくすぐった。ベルガモットとライムの組み合わせに頭がくらくらする。筋肉質なその体が発するぬくもりに包まれ、ジアはただ彼の胸の真ん中あたりをじっと見つめた。

長い指が彼女のうなじを這《は》い、髪をなでて顎を上向かせた。顔をのぞき込まれると、自分が透明になった気がした。きっと体が蕩《とろ》けそうになっているのがわかってしまったに違いない。「ジア、どうかしたのか?」

怒りと不安、そして名づけるのが怖いある種の危険な感情が、体の中で沸き立っていた。

「どうしたらいいかわからなくて、不安なの。満ち足りた生活から引き離されて、こんな都会のど真ん中に連れてこられて」彼女はマンハッタンの夜景が広がる窓のほうを手で示した。「何事もなかったかのように以前と同じ生活が送れると思う?」

「思わない」彼はあっさりと言った。「順応する時間が必要だろう。ぼくたち家族を中心にした、新しい生活リズムを見つけるんだ」

ジアは苦々しい思いをのみ込んだ。言うのは簡単よ。でも、いまはデリラ以外にただひとりの理解者だった母にも会えず、かといってディ・フィオーレ一族がサントの息子を連れて逃げたわたしを快く迎えてくれるという保証もない。

そしていつ父に、レオのことを知られるかわからない。まるで時限爆弾を抱えているようなものだ。

ジアは小さく息を吐き、壁に寄りかかった。

「父が戻ってきたらどうなるかしら? わたしのしたことを知ったら激怒するわ」

サントの表情に断固たる決意がみなぎった。

「きみのお父さんとはぼくが話をすると言っただろう。任せてくれ」

「どう話をするというの? 話してわかるような相手じゃないのよ、サント」

「きみは心配しなくていい」彼はぴしゃりと言った。「きみのお父さんのことはよくわかっている。ぼくが話をつけるから、きみはレオと、ここでの新しい生活のことだけ考えていればいい」

ジアは鋭く彼を睨《にら》んだ。「わたしは人形じゃないわ」

「わかっているさ」サントはまるで意に介さず、さらりと答えた。「子どもを連れ、巨大な犯罪組織の一族から逃げ出したんだ。勇気がなければできないことだと思う。でもいまは、すべてぼくに任せてゆっくりするんだ」

できるものならそうしたいわ。ジアは大きく息を吸った。でも、彼の言うとおりにしたら、また弱くて無防備な自分に逆戻りだ。だいいち、父がどういう行動に出るかは誰にも予測できない。

サントが彼女の頬を指でなぞった。そのゆっくりとした動きに、ジアは肌が粟立《あわだ》つのを感じた。「ほかには、何を考えている？」

「結婚を承諾したとはいえ」彼女はかすれた声で答えた。「わたしが望んだことじゃないわ。生活をひっくり返されて、自分で築いたすべてを奪われたのよ。あなたに腹が立つわ。どうしようもなく」

「いいだろう」彼は小声で言った。「お互いさまだ。なんとかやっていけるよ。ただぼくとしては、まずきみから感情を引き出す必要があった。殻にこもったままではこちらもお手上げだからね。怒りたいなら怒ればいい。だが、いつかは折り合いをつけてほしい。結婚生活がうまくいくように」

ジアはごくりと唾をのんだ。ふいに彼の体が迫ってくるように感じられた。伸びかけた髭《ひげ》がうっすら顎に陰を作り、濃い睫毛《まつげ》に縁どられたダークブラウンの瞳が誘いかけてくる。鼓動が速くなり、まともにものが考えられない。

ジアは体の脇でこぶしを固め、唐突に言った。「今夜はレオと寝ようと思うの。知らないところで不安がるかもしれないから」

彼の視線がジアの赤みが差した頬をさまよい、また目に戻った。「いい考えだ。しばらくはあの子と寝るといい。ただし、ぼくは夫婦のベッドを別にするつもりはない。ふたりのあいだに距離を作ることになると思うからだ。夫婦生活があろうとあるまいと、ベッドは一緒だ。ぼくたちは親密な関係を築いていかなくてはならない。だからきみも心を開いて、考えていることなり、不安なり、何でも話してほしい」

ジアは凍りついた。神経質に舌で唇をなめる。フランコに言われた言葉が――〝不感症〟、〝する甲斐《かい》がない〟といった言葉が脳裏にこだました。「できるかどうか、わからないわ」

「できるさ」サントはきっぱりと言った。「意思の問題だ。きみは昔から、まわりに壁を築いて現実と距離を置くことで自分を守ってきた。けれども、それでは結婚生活はうまくいかない」

ジアの気持ちは沈んだ。「でもひと晩で自分を変えるなんて無理よ」

「ひと晩で変われなどとは言っていない。ただ、もう逃げたり隠れたりはできないということだけはわかってほしい。今後、ぼくたちのあいだには真実しか存在しない。そのことを忘れないでくれ、ジア」

5

その後の数日間、ジアは新しい生活に慣れるべくせいいっぱい努力した。初夏にしては異常な暑気が街を覆い、気温は三十度近くまで上がった。サントが仕事をしているあいだ、彼女はベネチオに見守られつつレオを公園へ連れていき、そのあとは決まってアイスクリームを食べて、ペントハウスのテラスプールでひと泳ぎした。

ニューヨークがいちばん美しい季節だった。

この時期、街全体が生き生きときらめく緑色の宝石に変わる。レオはその活気に魅せられていた。息子の目にはすべてが大冒険のように映っているのだろう。けれどもジアは、島の平安と静けさが恋しかった。単純な生活、やりがいのある仕事、そして何より自由。思い出すたび、胃が締めつけられた。

そうしたすべてを奪ったサントにはいまも腹が立つ。だが、彼の言うとおり、夫婦としてうまくやっていくには、いずれ怒りと折り合いをつけなくてはならないだろう。でもいまは思い切り憤り、失ったものを嘆きたかった。苦労して勝ち取った自立の道——それはジアにとってすべてだったのだから。

さらに気にかかるのは、父の逃亡のニュースが日夜報じられていることだった。新聞はそれを派手な国際的陰謀と位置づけ、父のほうは弁護士を通じ、報道は自分を陥れるためのアメリカ政府の策略だと主張している。連日、人々の注目を集める緊迫したドラマが展開されていた。

ジアは母のことが心配だった。いま、どんな気持ちでいるだろう。強い女性なのはわかっている。母は強くならざるを得なかった。家族がそばについているだろうが、だからといって動揺していないはずはない。母の生活の基盤が揺らいでいるのだから。

そんな中、ディ・フィオーレ一族との晩餐《ばんさん》

会《かい》が予定されていた。ジアにとっては、これもまた重圧だった。ニコとラゼロのことは十代のときから知っている。だが、今回は話が別だ。レオを連れて姿をくらませたことを、彼らが理解してくれるかどうかはわからない。サントは理解してくれなかった。

服選びに迷い、五着は着替えたあと、ジアは最終的に選んだドレスを着て鏡の前に立った。海を思わせる青緑色のオフショルダーのドレスだ。玄関ドアが開く音がした。サントが仕事から戻ったようだ。

レオが歓声をあげて彼を出迎えるのを見ると、ジアの胸が妙な具合にうずいた。結局のところ、この街に来たことは息子のためにはよかったらしい。

毎晩サントは夕食に間に合うよう仕事から戻り、一緒に食事をとったあとはレオを寝かしつけ、それから深夜まで仕事をした。いい父親になろうと心に決めているようだ。自分の父親を反面教師として。レオーネ・ディ・フィオーレは若いころはウォール・ストリートで敏腕を振るい、のちに酒に溺れた。いずれにしても子どもと過ごす時間はほとんど持たなかったはずだ。サントは父親と何かを共有した記憶がないという。彼はそんな過去を変えようとしているのだ。

ゆうべ買ってきたニューヨーク市の救急車両コレクションでレオを遊ばせているあいだ

に、サントがドレッシングルームに入ってきた。ぱりっとした紺のスーツに淡い黄色のネクタイといういでたちで、どきりとするほどハンサムだ。ニューヨーク中の女性が通りを歩く彼をうっとり眺めている場面が目に浮かぶ。

　サントは彼女の女性らしいミニドレスを満足げに眺めた。

「きれいだ」彼は小声で言うと、ジアの頬に軽くキスをした。「五分でこの堅苦しい服を脱ぐよ。今日はスーツを着るには暑すぎる」

　それは残念だわ。ジアは心の中でつぶやいた。サントは彼女から離れ、ネクタイの結び目に指を入れた。

「今日はどうだった？」

　ジアはできるだけさりげなく肩をすくめた。

「いつもどおりよ。公園へ行って、アイスクリームを食べて、プールで泳いで。疲れたわ。ベネチオも疲れていると思う」

　サントは唇を歪《ゆが》めた。「彼と交代したいくらいだよ。ぼくは午前中、四時間も座りっぱなしで会議だった。そのうえ、問題が起きたせいでランチも会議になった。うちの所属のアスリートのひとりが恋人にヌード写真を送って、それがどこからかもれてツイッターが炎上したんだ。その後処理を話し合わなければならなくてね。さらに」ネクタイをはずし、椅子の上に放り投げながら続けた。「午後にはエレベイトに製造上の不具合が見つかって、デザインチームと対策に追われた。発売間近だというのに困ったものだよ」

「解決したの？」

サントは片方の眉を吊《つ》り上げた「ヌード問題か、それとも不具合のほうか？」

「どちらも」

「ああ」彼は女性の心を蕩《とろ》かすようなセクシーな笑みを浮かべ、シャツのボタンをはずしにかかった。なめらかなブロンズ色の肌が少しずつあらわになっていく。ジアの視線が知らず知らず吸い寄せられた。

「わたしも仕事がしたいわ」気を紛らわせようとジアは言った。「レオがここでの生活に慣れて落ち着いたら。いつまでもセントラルパークをぶらついてアイスクリームを食べてばかりはいられないもの」

「もちろんかまわないよ」彼はすんなり同意した。「だが、急ぐことはない。とりあえずいまは家族のことに気持ちを集中してほしい」

すでに彼はズボンも脱いでおり、いま身につけているのは、肌に貼りつくような黒いボクサーショーツだけだ。その姿を見ると、ジアの脳裏に四年前の嵐の夜が鮮明に蘇《よみがえ》った。あのころから彼は、均整のとれた、たくましい体をしていた。

まったく。ジアは瞼《まぶた》に浮かぶ映像を振り

払い、イヤリングを探した。今日のドレスの女性らしいラインを引き立ててくれそうな涙型のダイヤモンドを見つけて、耳につける。

サントは約束どおり、彼女に猶予を与えてくれた。ニューヨークに戻った日からずっと、夜はレオと寝ている。だが、いつまでもこのままではいられない。

サントは引き締まった体にフィットした黒のTシャツとジーンズに着替えた。ラフな格好もスーツ姿に劣らず魅惑的だ。彼は化粧台に手をつき、彼女を見つめた。「緊張しているのか？」

「少しだけ」本当は不安でいっぱいだ。でもそれをサントに悟られたくない。

「大丈夫だよ。ニコとラゼロのことは知っているだろう。クロエにも何度か会っているはずだ。キアラもいい人だよ。きみと気が合いそうだ」

ジアは下唇を噛《か》んだ。「みんなはわたしたちのことをどれくらい知っているの？　レオのことは？」

「事実だけさ。ぼくはきみとのあいだに三歳の子どもがいた。そしてぼくたちは結婚した。それだけでじゅうぶんだろう。ニコとクロエは息子のジャックに遊び仲間ができたと知って喜んでいるよ」

二年間レオが知らずにいた従兄弟《いとこ》ね。ジアは複雑な心境で、ドレスのいちばん上のフックを留めてもらうため、サントに背を向けた。彼がすぐうしろに立ち、指がそっとうなじに触れた。ジアの背筋を熱いうずきが駆け下りる。

むき出しの腿を彼の脚を包むデニムがこすり、さらに肌を刺激した。「すんだことを思い悩むのはやめるんだ」サントが小声で言った。「いまのことだけ、ぼくたちの新しいスタートのことだけを考えていればいい」

彼の指先からぬくもりが伝わり、ジアの肌に染み入った。鏡に映る彼の顔をじっと見つめる。わたしたちはうまくやっていける——そう信じられたらいいのに。許されない過ちから、この混乱の中から、そして、ふたりのあいだに広がる深い裂け目の奥から何かすばらしいものが生まれ出ると思えたらいいのに。

しかし同時に、その生まれ出る何かが怖かった。また無防備に自分をさらけ出すことになると思うと、恐怖に胸を鷲《わし》づかみされるような気持ちになる。

サントは頭を下ろし、ジアの首筋にキスをした。体に震えが走るのを感じながら、ジアは自然と彼に身を寄せた。サントは手を彼女の腰のあたりまで下ろし、抱き寄せて、もう一度首筋に軽くキスをした。ジアの肌が燃えるように熱くなる。

サントは腰に置いた手に力をこめ、くるりと彼女を振り向かせた。ジアは化粧台に寄りかかった。心臓が狂ったように打っている。彼の熱いまなざしを見れば、その意図は明らかだ。サントが顔を近づけてくる。期待感に胸が高鳴り――そのとき、小さなブロンドの頭がふたりのあいだに飛び込んできた。

「うーうー」レオが消防車を振り回しながら叫ぶ。

サントの瞳にあった熱気は冷め、あきらめに似たユーモアが取って代わった。「間が悪いとはこのことだな」苦笑いして言う。「続きはあとだ」

彼は息子を抱えあげた。ジアは頬のほてりを感じながら、〝続き〟のことは考えないようにして靴を選びはじめた。

ウエストチェスター郡のハドソン川沿いに位置するニコとクロエのジョージ王朝風の屋敷は、午後の陽射《ひざ》しを浴びて輝いていた。三エーカーもの緑豊かな敷地の奥にあるため、完全なプライバシーが保たれていて、果てしなく広がる水辺の景色を楽しめる。周囲は石のテラスに囲まれており、庭にはプールも備えつけられていた。

従兄弟のジャックは溌剌《はつらつ》とした黒髪の男の子で、レオは五分もすると打ち解け、いまやベビーシッターを従えてあちこち走り回っていた。元気いっぱいのレオがそばにいないと、ジアはいっそう心細さを感じた。

クロエとキアラはどちらも魅力あふれる女性で、あたたかくジアを迎えてくれた。いっぽうニコとラゼロはどこかよそよそしい。礼儀正しいが、ジアと距離を置いているのがわかる。予想していたことではあった。三兄弟は家族がばらばらになった時期もあるものの、きわめて親しい。彼らの信頼を得るには時間がかかるに違いない。

心臓をぐいとつかまれたような気がした。

結局のところ、昔からいつもそうだった。〝疑わしきは有罪〟わたしはいつも、自らの無罪を証明しなくてはならなかった。いまもそれは変わらない。

ジアは胸を張り、周囲の視線をまばたきもせずに受け止めた。穏やかで親しみやすい雰囲気のクロエは、すぐに彼女を仲間に引き入れ、キアラと三人でテラスでワインを飲もうと誘った。男性陣は少年たちとサッカーに興じていた。

優秀な科学者であり、ニコと共同経営する化粧品会社〈エボリューション〉で世界的人気の香水をいくつも開発したクロエは、新作の香水を話題にした。メトロポリタン美術館《MET》で若い支援者を集めて行われる恒例のパーティで、出席者にギフトとして配られることになっているらしい。ジアにも今夜、ひと壜《びん》持ち帰って試してほしいと言う。

新進気鋭のデザイナーのキアラは、クロエ

とは正反対のタイプだった。ラテン系の容姿と火のような情熱の持ち主で、どこかつかみどころのないラゼロが恋に落ちたのも納得できると、ジアは思った。

彼女のデザインする服はおしゃれにうるさい女性たちの注目を集め、街でも最大級のデパートに出店が決まったのだと、キアラは熱っぽく語った。

「METパーティ用のドレスのデザインを何人かから依頼されているの。そういえば」彼女はグラスをジアに向けて傾けた。「アビゲイル・ライトはサントが結婚したと聞いてショックを受けているそうよ。先週、まだ彼のことが忘れられないと言っていたわ。アメフト選手のカール・オブライエンと付き合っているのは、サントを嫉妬させるためだったんですって」

アビゲイル・ライト。その名前には覚えがあった。サントの元恋人のミス・アーカンソー。美徳の鑑《かがみ》。ニューヨークで人気ナンバーワンのクオーターバックと交際中のはずだ。

「ニューヨーク中の女性たちの半分が嘆いているわよ、きっと」クロエが言った。「驚くことじゃないけれど」

「わたしが彼女のドレスをデザインすることは、もうなさそうね」キアラは急いで付け足した。「でもサントは、あなたを見るようになってから彼女を見たことはなかったわ。心配無用よ」

ジアは瞼を伏せた。「どういう意味?」

「彼はあなたを大切にしている。あんなサントはいままで見たことがないわ」

ジアは頬が熱くなるのを感じた。もちろん、彼は息子のために結婚し、息子のために完璧な家族を作ろうとしているだけだ。それはわかっている。

「サントとわたしが結婚した理由はわかっているでしょう」この聡明《そうめい》な女性たちに真実を隠しておくことは不可能だと感じて、ジアは言った。「レオのためなの」

クロエは無言で長いことジアを見つめていた。「そうかしら? あなたとサントのあいだに何があったかは知らないけれど、わたしは彼のことをよく知っているわ。望んでもいない結婚に踏み切るような人じゃない。サントはどんな女性だって選べたのよ。だから、何かがあったのよ。あなたとならやっていけると感じる何かが」

やっていくしかないから、やっていこうと思っているだけかもしれないけれど。ジアは心の中でつぶやいた。

そのあとはテラスで美しい薔薇《ばら》色の夕陽を浴びながらの極上ディナーがふるまわれたが、食事のあいだもクロエの言葉はジアの頭から離れなかった。たしかにサントはこの結婚がうまくいくよう努力している。頑固にこだわっているのは、たぶんわたしのほうだ。彼の言うとおり、わたしたちにはいい夫婦になるための土台はある。一度はまたとない貴重なものを分かち合った。もう一度できないことはないかもしれない。

あたりが闇に包まれ、こおろぎの鳴き声に満たされたころ、晩餐会はお開きとなった。サントと家へ帰ったあとのことを思うと、ジアはふたたび緊張で胸が締めつけられた。クロエとともに二階へ上がって約束の香水をもらい、玄関へ向かおうしたとき、テラスに羽織り物を忘れてきたことに気づいた。回り道をしてガラスドアから一歩中庭へ出たところで、サントの低い声が聞こえ、ジアははたと足を止めた。

「何が気に入らないんだ？」

「口を閉じていようと思っただけさ」ラゼロがむっつりと答えた。「おまえの電撃結婚にはみな、驚かされた。頭を整理しようとしているんだ」

「もう少し愛想よくしても罰は当たらないだろう」

「彼女はカスティリオーネなんだぞ」ラゼロは吐き捨てるように言った。「父親は日夜新聞を賑《にぎ》わせている。社運を懸けた新商品の発売を控えているのに、カスティリオーネとかかわりを持つなんて正気の沙汰じゃない」

「彼女はぼくの子どもの母親だ」サントがうなるような声で言い返す。「ぼくの立場だったら、兄さんだって同じことをしただろう」

「いや」彼はゆっくりと答えた。「しないね。過ちだったたと、彼女とかかわるべきでなかったと思っただろう。おまえのプライベートに口を挟むつもりはないが、どう思っているかと聞かれたら嘘《うそ》は言えない」

「兄さんは彼女を知らないんだ」サントはきっぱりと言った。「本人ではなく、彼女の家族で判断している」

「ぼくは彼女を十年間見てきた。問題が起こるたびにおまえのところに駆け込み、おまえは輝く鎧《よろい》の騎士を演じてきた。これからも一生、騎士を演じ続けるつもりか？　その結果がどうなったか、よく考えてみるといい」


ジアの心は粉々に砕けた。それ以上聞いていられず、踵《きびす》を返して玄関へ向かった。目の奥がちくちくした。

何度も言われてきたことだ。こんなに傷つくなんておかしい。事実なのだから。サントはいつもジアの避難所だった。誰かに頼りたくなるといつも彼の元へ走った。それではいけないと、自分の足で立たなくてはいけないと思ってバハマで新しい生活を始めたのに。いまはそれすら失ってしまった。

6

サントはジアのあとについてペントハウスへ入った。彼女がレオを寝かしつけに行くと、腕時計をはずし、寝室のドレッサーの上に放った。いらだちが募っていた。ふたりのあいだの緊張もだいぶほぐれてきたと思っていたのに、彼女は突然また自分の殻に閉じこもってしまった。家へ帰る道中、車内の空気は零度以下と思えるほど冷え込んでいた。

ジアが寝室に戻ってきたが、相変わらずよそよそしい態度だった。髪留めをはずすと、つややかなブロンドがはらりと肩にかかった。

「いったいどうしたんだ？」サントはドレッサーに手をついて言った。「今夜はみな、きみが楽しく過ごせるよう気を配っていた。うまくいったと思っていたのに」

「何でもないわ」ジアは冷ややかに答えた。

「疲れているの。もう寝るわね」

「だめだ」サントは衝動的に彼女に近づいた。「こんな調子では結婚生活がうまくいくはずがない」

ジアはむっとした顔で彼を見返した。「何でもないって言っているでしょう。疲れたから寝たいだけよ」

「ジア」サントはうなった。「ちゃんと答えないとひと晩中こうしていることになるぞ」

彼は腕を広げた。「きみしだいだ」

ジアはつんと顎を上げた。「帰り際に、あなたとラゼロの会話を聞いてしまったのよ。彼は、あなたがわたしとかかわるべきではないと思っているわ」

なんてことだ《マレディツィオーネ》。サントは手で髪をかきあげた。「あれを聞いていたのか?」

「テラスに忘れ物を取りに戻ったの」

彼女の瞳が苦悩に満ちるのを見て、サントの胸はよじれた。「ラゼロがどう思っていようと関係ない」彼は静かに言った。「これはぼくときみの問題だ」

「でも、あなたのお兄さんたちはふたりとも反対しているんでしょう」

「それがどうした?」彼は肩をすくめた。「きみの耳に入ったことは残念だった。ラゼロは……ああいう人なんだ。気にしなくていい」

「そうはいかないわ」彼女は声を荒らげた。「あなたと違って、わたしは昔からいつも批判の目にさらされてきた。どんなに努力しても、カスティリオーネとしか見てもらえないのよ」

「だがきみはそれを超越し、自分で自分という人間を定義すると決めたんじゃなかったのか。こんな会話を何十回としたはずだ」

ええ、そうね。でも結局は同じだった。

サントは彼女を指差して続けた。「名の知れた人間を親に持つというのがどういうことか、ぼくにわからないと思うのか？　父の破滅は大いに世間を騒がせた。何千という人が職を失い、アナリストたちは待ってましたとばかりに偉大なレオーネ・ディ・フィオーレを攻撃した。成功者の転落というわけさ。ラゼロとぼくは、どこへ行っても父の伝説と闘わなくてはならなかった。失敗すればあの父親の子なのにと笑われ、成功しても後ろ指を指され、いつも父と比較された」

「ふたりを比べることはできないわ」ジアは言い返した。「あなたのお父さまは立派な方だもの。うちの父は……」頬を染め、言いよどむ。「知ってのとおりよ」

「何だ？」サントは促した。「どうして口にしない？」

「わかるでしょう」

「もうそうしたルールには縛られていないんじゃなかったのか。自由なんだろう？」

彼女の目が挑戦的にきらりと光った。「いいわ。言えというなら言うわ。父は犯罪者よ。高級スーツをまとった怪物。非情な暴力で食物連鎖の頂点に昇りつめた男なの。その手は何人もの人の血で汚れているわ」

サントは愕然《がくぜん》とした顔でジアを見つめた。

彼女は瞼《まぶた》を伏せた。睫毛《まつげ》が頬にかかる。

「その娘というだけで、わたしも同罪と思われてきた。でも父のしていることをわかっていて、そのお金で生活していたんだから、つまるところ同罪なんでしょうね」

「人は親を選べない」サントは静かに言った。「きみは若く、無力だった。だが、大人になり、選択できる年齢になったとき、自ら家族のもとを去った」

でも、わたしという人間は変わらない。彼自身がバハマでそう言ったのだ。ジアは体に腕を巻きつけ、窓まで歩いた。心の奥底に秘めてきたものが、ふつふつと浮きあがってくる。秘密や記憶、恥辱の数々――。

ふいにジアはすべてを吐き出したくなった。

振り返って窓枠に腰を預ける。「幼いころは父が何者なのか知らなかった。父が大好きだった。毎晩寝る前に数分だけ話ができたの。いつも何か機知に富んだことを言おうと考えたものよ。面白いジョークとか『ナショナルジオグラフィック・キッズ』で読んだ豆知識とか」思い出して、ジアは口元をほころばせた。「父は笑って、賢い子だと褒めてくれた。うれしかったわ」

父への無邪気な愛情はいまもまだ自分の中に息づいている。そのことに気づき、ジアの胃が締めつけられた。

「やがて父は組織の中で力を持ちはじめ、それにつれて地位も上がっていった。ほとんど家にいなくなったわ。そのうち、学校で噂《うわさ》が流れはじめたの。新聞かテレビで父のことを知った父兄がいたんでしょうね。わたしは家へ帰ると母にきいた。母は、父のように成功した人間はその手の噂の的になりやすいだけ。信じてはいけないと言ったわ。そんな話はしてもいけないと」

「きみはそれを守った」サントは言った。

「ぼくがきいたときも、何も答えなかった」

「沈黙《オメルタ》の掟に縛られていたの。話したら、父は逮捕され、わたしたちは証言しなくてはいけなくなる。悪くすると――」彼女は淡々とつけ加えた。「わたしたちも逮捕されると思い込んでいた」

ジアはさらにきつく腕を体に巻きつけた。「父が何者か知ったのは十三歳のときよ。その晩、母は叔母を訪ねて不在だった。わたしは退屈していたし、友だちからまた仲間はずれにされてむしゃくしゃしていたの。父はいつものようにその夜も書斎で秘密の会合を開いていた。何をしているんだろうと興味津々で、わたしは書斎の隣にある小部屋に忍び込んだ」

そのときのことは決して忘れられない。心臓が雷鳴かと思うほど激しく打つのを感じながら、指で古いオーク材の棚を握り締めて耳をそばだてていた。当時のジアはすでに噂は事実なのではないかと疑いを持つくらいの年齢に達していたが、それでも嘘《うそ》だと信じたかったのだ。父がそんな恐ろしい人間のはずがない。

「父はルイス叔父さんと一緒だった。本当の叔父ではなく、父のいわば右腕だった人だけれど。ふたりは有名なジャズ・シンガー、ジュリアーノ・カレンドリの話をしていたわ」

ジアの胃がさらにぎゅっと締めつけられた。

「ジュリアーノが契約どおりうちのカジノで演奏しないなら、二度と東海岸で活動できないようにしてやると、父が言っていた。膝をたたき割ってやる、とも」

「それでわかったのか」サントが言った。

「そう」実際には、自分にわかっていることがはたしてこの世にあるのだろうかという思いだった。ルイス叔父が本当の叔父でないなら、何が真実なのだろう？　ほかのどんな嘘があるの？　そもそもわたしの世界に本物はあるのだろうか？「あと少しで見つからずにすむところだったけれど、護衛のひとりが小部屋に身を潜めていたわたしに気づいたの」

思い出すと、いまでも背筋が凍る。父の怒り方は尋常ではなかった。思い切り頬をはたかれ、体が吹き飛んだ。ショックは大きかった。父に叩《たた》かれたことなど、一度もなかったから。

「父は激怒して、わたしを殴った」リアは目を上げてサントを見つめた。「二度とするなと言われたわ。身の程をわきまえろ」ジアは静かに続けた。「二度と殴る理由を自分に与えるなと」

サントは彼女のまばたきをしない瞳を見返した。「そしてきみはオールAの成績を取り、陸上競技でも次々優勝した。お父さんに認めてもらうため、フランコと結婚までした。ぼくたちのあいだにあったものに、背を向けて」

ジアはつんと顎を上げた。ラゼロの心ない言葉はいまも胸に突き刺さっている。「いずれにしても、わたしたちはきっとうまくいかなかったわ。そう思ったから黙って去ったの。お互いにわかっていたはずよ。だからこそ惹《ひ》かれ合う気持ちを抑えてきたんだもの」

「抑えていたのは、きみに許嫁《いいなずけ》がいたからだ」サントは言った。「忘れないでくれ、行動を起こしたのはきみのほうだ」

「どうにもならない状況で、わたしも精神的に追いつめられていたのよ。それはわかってくれるでしょう?」

「いまとなってはどうでもいいことだ」サントは答えを避けて、つぶやいた。「ぼくたちは一線を越え、いまは夫婦としてここにいる。それなのになぜ、壁を作ろうとする?」

ジアはもどかしさに身もだえした。どうして彼は真実を見ようとしないの? どうしてわたしは結婚に同意したの？　うまくいくかもしれないと、一瞬でも信じたりして。無理に決まっているのに。わたしは彼の理想とする女性とはほど遠いのだから。

焼けつくような胸の痛みを悟られまいと、ジアはふたたび顎を上げた。「あなたは認めたくないかもしれないけれど、あのときうまくいかなかったものが、いまさらうまくいくはずがないのよ」

サントは妻のグリーンの瞳を見つめた。たしかに当時は、自分たちの力ではどうにもならない状況だった。だから、気持ちを抑えてきた。それでもあの晩は彼女を抱きかかえ、ホテルの部屋に入った。そうするだけの価値があると思ったからだ。ジアにはその価値があると思ったから。それなのにどうして彼女は、すべてを否定するんだ？

サントは寝室を横切り、ジアの目の前に立った。そして指を彼女の顎の下に添えて、ささやいた。「第一に、あの日何も言わずに立ち去ったのはきみだ。ぼくじゃない。たしかに複雑な状況だったが、ぼくは行動に出る価値があると思った。第二に、きみがラゼロとの会話を最後まで聞いていたら、ぼくがこう言った言葉も耳に入っていただろう。きみはぼくの知る誰よりも強く、勇気ある女性だ。レオを守るために家族と、それまでの生活のすべてを捨てたのだから、と。ぼくはその決断をすばらしいと思う。きみのすべての決断を支持するわけではないが」

ジアが目を見開いた。グリーンの瞳が照明の明かりを受けて、エメラルドのようにきらめいた。

「最後に」サントは締めくくった。「繰り返しになるが、ぼくはほかの人間がぼくたちのことをどう思おうとまったく気にしない。大切なのは、ぼくたちがどう考えているか、ぼくたちの結婚生活をどうしていくか、だ。それ以外のことは関係がない」

ジアは大きく息を吸った。

サントは彼女の震える下唇を親指の腹でなぞった。「ぼくたちのこととなると、きみはどうしてそう不安に陥るんだ？　ほかにも理由があるんじゃないのか」

「何もないわ」

「ジア」言い逃れを許さない口調だ。

「わたしたち、ひと晩でいっきに燃えあがったわ」彼女は小声で答えた。「またああなるのが怖いの。自分が自分でなくなってしまいそうで」

「それなら、ペースを落とせばいい。もう一度初めからやり直すんだ」

ジアはいまだ迷いのある顔でじっとサントを見つめた。彼はジアを挟み込むように窓に手をつき、ゆっくりと頭を下ろしていった。

ジアは凍りついたように動けず、息を詰めた。だが、彼の唇がもうあと数ミリのところまで迫ったとき、ジアは初めてほんのわずかに体を動かした――顎を少しだけ上向けたのだ。彼がもはやあるかないかの隙間を埋めると、ついに唇が重なった。

その優しく、官能的でとろけるようなキスはジアの世界を揺るがした。フランコのせわしげで乱暴な愛撫《あいぶ》とはまるで違う。彼女はサントの髪に指を滑らせながら夢中でキスを返した。かつて分かち合ったものはすべて、やはり本物だった。いまも何も変わっていなかった。

ジアの反応を感じとり、サントがさらに深く唇を重ねた。彼の舌が口の中を探る。ジアは頭をのけぞらせ、指で彼の顎をなぞってそれに応えた。かつて味わい、一度も忘れたことのなかったあのときと同じ官能の味が下腹部を刺激する。

体の中の空っぽだった空間が満たされていくようだった。ずっとつきまとっていた孤独感が消えていく。

肌はどこもかしこも燃えるように熱かった。四肢は溶けて、ガラスに貼りついてしまったかのようだ。

サントは唇を離すと、じっと彼女を見つめた。頬は紅潮し、呼吸は乱れている。やがて彼の視線が胸元に落ち、ドレスの生地を押しあげている尖《とが》った部分で止まった。あたたかなてのひらが胸郭に当てられる。やがてサントはゆっくりとその手を上へ滑らせ、彼女の目を見つめたまま、親指でそっと硬くなった先端をさすった。ジアははっと息をのんだ。

「サント」荒い呼吸をしながらささやく。

「気持ちがいいかい？」

「ええ」

サントはもう片方の先端に視線を移し、愛撫しはじめた。興奮が押し寄せて喉を絞めつけ、ジアはもはや声も出なかった。

「きみは美しい」彼の声もかすれている。その唇は焼けつくような跡を肌に残しながら、首筋を下っていった。「頭がどうにかなりそうだ」

唇が、喉元の敏感な場所をとらえた。ジアはあえぎ、彼がキスをしやすいよう首をのけぞらせた。窓ガラスにてのひらを押しつけ、彼の愛撫に身を任せる。

サントは指をドレスの肩紐《かたひも》の下に差し入れ、そっと肩から脱がせた。薔薇《ばら》色の先端を持つ、豊かな胸があらわになった。ひんやりとした空気が肌に当たるのを感じると同時に、彼のてのひらがふくらみを包み込んだ。サントの熱っぽいまなざしにジアの下腹部がじんとうずく。彼が胸の先端を口に含んだ。

強烈な快感にのみ込まれ、ジアの膝から力

が抜けた。サントが筋肉質な脚を彼女の腿のあいだに差し入れ、さらに彼女を引き寄せる。その体は熱く、たくましく、男らしかった。興奮が高まり、ジアは彼に身を寄せてささやいた。「サント……」

　彼はもう片方の肩紐もはずすと、ふたたび舌で先端を愛撫した。ジアの口から言葉にならない懇願の声がもれる。サントがほしくてたまらない。もっと愛してほしい。彼が身を引いたときには思わず叫び出しそうになった。だが、サントが動いたのは彼女のうしろに回り、ドレスのホックをはずすためだった。

　ドレスがはらりと床に落ちる。彼の視線を全身に浴び、ジアは身をこわばらせた。ふたりのあいだで情熱が脈打っているのは感じていても、フランコに投げつけられた嘲りの言葉を頭から完全に払拭することはまだできなかった。機嫌が悪いとき、ジアが期待に添えなかったとき、元夫はこう罵った。

　〝不感症。する甲斐《かい》のない女〟

　サントの指が彼女の腰をつかむ。「あいつのことは忘れるんだ」低い声でそう言うと、首筋に開いた唇を押しつけてきた。ジアの体がたちまちほぐれていく。官能的な唇が今度は背筋に沿って背中を下った。前回はどちらも性急で無我夢中だった。今回はゆっくりとしたペースで、狂おしいほど官能的だ。サントは巧みな手つきでジアの体に火をつけ、い女の目を見つめながら、ショーツの縁に指をかけた。「これも脱がせたい。いいね？」

ジアはうなずいた。ほとんど息ができないので、わずかに頭を動かしただけだ。それを見て、サントがゆっくりと小さな絹の生地を下ろしていく。ジアは彼の肩に手を置き、指をその硬い筋肉に食い込ませた。

「サント」腿にキスをされながら、ジアはあえぐようにささやいた。「何をしているの？」

「ペースを落としているのさ」彼はかすれた声で言った。「大切なのはリラックスして楽しむことだ」

リラックスなんてできない。四年前のあの晩は、彼はこんなことはひとつもしなかった。たるところに歓《よろこ》びの源を見出《みいだ》していく。いまその手はヒップの丸みを包んでいた。

ジアが片足を持ちあげると、サントはハイヒールを脱がせ、土踏まずにそっとキスをした。ジアの全身に快感が走る。やがてもう片方の靴も脱がされた。

サントは膝をついたまま、ジアの腰をつかんで自分のほうへ向かせた。ジアは心臓が破裂しそうだった。いま身につけているのは小さなショーツだけだ。気おくれして当然なのだが、ジアの意識にあるのはサントの欲望に満ちたまなざしだけだった。

サントはジアの膝の裏に手を当て、その手を腿に沿ってゆっくりと滑らせた。そして彼心臓が激しく打ち、体は信じられないくらい熱く、いまにも溶け出しそうだ。両手でうしろの窓枠をつかみ、しっかりと握る。そして彼に促されるがまま脚を開いた。サントが脚のあいだにそっと唇を押しつけてきた。

熱く濡《ぬ》れた肌を彼の舌がそっとなぞる。これまで味わったことのない究極の快感が、ジアの全身を駆け抜けた。脚が震え、とても立っていられない。サントは彼女の片脚の膝をつかんで支え、もう片方の脚を彼の肩にかけて愛撫を続けた。

ああ、どうにかなってしまいそう。サントに抱えあげられ、ベッドへ運ばれると、ジアは思わず安堵《あんど》のため息をもらした。だが、責め苦が終わったわけではなかった。彼はジアをベッドに下ろすと、ふたたび脚を押し広げ、今度は指を使って愛撫をはじめた。たまらず、ジアが声をあげる。

「サント、お願い――」

彼は身をかがめてジアにキスをした。親指で脚のあいだをさすりつつ、唇を重ねる。

「自分を解放するんだ、ジア」

ジアは腰を浮かせ、体の芯からほとばしる快感に身を任せた。彼がその巧みな指で彼女の体から歓びの滴を残らず引き出していく。ついにジアは絶頂へ昇りつめ、自らを解放してベッドに倒れ込んだ。

しばらくして快楽に霞《かす》んだ意識が戻ってく

ると、サントが四つん這《ば》いのまま自分を見おろしていることに気づいた。ジアの頬が熱くなる。わたし、完全にわれを忘れていたんだわ。彼の顔から目をそらすと、今度はジーンズのファスナーを押しあげる高まりが視界に飛び込んできた。

「これをどうにかするつもりはあるかい?」

彼がささやく。

たったいま分かち合ったものがなかったら、四年前の嵐の夜、互いにすべてをさらけ出していなかったら、躊躇《ちゅうちょ》したかもしれない。けれどもいまジアの頭の中は彼のイメージでいっぱいだった。たくましくて、熱くて、絹のようになめらかで――。心をそそられずにはいられない。

ジアは体を起こし、彼の前に膝をついた。唇を噛《か》み、彼を包むデニムの生地に指を滑らせる。その硬さを楽しみながらゆっくりと。

サントが息をのんだ。「やめておいたほうがいいかもしれないな」彼はそう言ったものの、彼女を止めはしなかった。ジアはファスナーを下ろすと、そっと彼自身を引き出して両手で包んだ。力強さ、男性らしさをてのひらにじかに感じる。

手を動かすと、彼の呼吸が荒くなり、腹部の筋肉がこわばってきた。やがて彼はジアの手をどけて立ちあがり、残りの服をすばやく脱いだ。記憶にあるままの姿だった。筋肉質で引き締まった、完璧な肉体。

だが、ジアの体を焦がしたのは、彼のまなざしだった。自分のものだというように、何より大切な存在であるかのようにこちらを見つめるまなざし。

サントはベッドに戻ってくると、彼女を抱えあげ、自分の胸の上にのせてゆっくりとキスをした。「きみの中に入りたい」

彼の高まりが腹部に押しつけられる。心をそそる欲望の濃密な香りがふたりを包み込み、ジアにはもう抵抗する気力が残っていなかった。彼とひとつになりたいという欲求以外、何もなかった。ジアは体を起こすと、彼の硬い胸に片手を当てて、もう一方の手で彼自身をつかみ、ゆっくりと腰を落としていった。

ジアは深く息を吸い、彼に満たされていく感覚を味わった。前のときは最初に一瞬だけ痛みが走ったが、今回感じたのは歓びだけだった。体の奥深くで彼を受け入れ、その鼓動を体の中に感じる。魂が共鳴するのがわかる。

「きみにはすっかり骨抜きにされてしまう」

サントがつぶやいた。「毎回だよ、ジア」

心臓が跳ねあがった。彼の言葉に、顔に浮かぶ嘘偽りない感情に。わたしはこれほどまでに求められている。彼もわたしと同じ思いでいる。それを知って、ジアの心の傷が――フランコに植えつけられた癒えることはないと思っていた傷が消えていくのがわかる。

「ジア」彼がかすれた声で懇願した。「動いてくれ、愛しい人《カーラ》」

その声音と表情に力を得て、ジアは大胆になって身をかがめ、彼の手を頭の上へ持っていくと自分の指と指を絡め、静かに動きはじめた。動くたび体のさらに奥深くで彼を受け止める。ひと突きごとに快感は高まり、気がつくとふたりは競うように声をあげていた。

サントが手を振りほどいた。今度は彼が主導権を握る番だ。さらなる歓びのために。サントはジアの腰をつかみ、自身の先端が彼女のやわらかく敏感な場所を突くよう調整した。

ジアが頭をのけぞらせてあえぐ。息ができない。もう少しで達しそうだ。

「サント――」

彼の指が肌に食い込み、腰の動きが激しくなった。「どれほどきみがほしかったか。ああ、きみは最高だ」絞り出すような声で彼がささやく。荒い息に胸が大きく上下し、額には汗が浮き、体は熱を発している。彼もジアと同じように忘我の境地にいるのだ。

幾度も押し寄せる快楽の波にジアの体はクライマックスを迎えつつあった。彼自身を包む筋肉がいっきに収縮する。サントは彼女のうなじをつかみ、指を肌に食い込ませて、絶頂を迎える彼女を見守った。想像したこともないほど官能的な、恐ろしいほど強烈な体験だった。

ジアはゆっくりと頭を下ろし、彼の唇に唇を合わせると、今度は彼を解き放った。

サントは眠れなかった。ジアは彼の胸に体を預けて丸くなっている。月明かりがひと筋部屋に差し込み、肩にかかるブロンドの髪を照らしていた。絹のようなやわらかな肌をそっと撫《な》でる。サントの頭の中をさまざまな思いが駆け巡っていた。

今夜、彼女は真実でぼくを打ちのめした。ばらばらだったパズルのピースが形を成した。どうして彼女は自分のまわりに強固な壁を築いていたのか。四年前、どうしてぼくの前から去ったのか。信頼など幻にすぎないと教えられたからだ。信じられるのは自分だけ。だから息子を連れてひとりで逃げたのだ。

今夜の彼女の反応からすると、ロンバルディとの結婚も救いにはならなかったのだろう。だが、そのことは深く考えたくない。何かを殴らずにはいられなくなりそうだ。

彼女の髪を指に絡め、月光を浴びて金色に輝くさまを見つめながら、今夜のことを頭の中で再現した。またとない、強烈な体験だった。彼女が持つ強さともろさは、いつもサントの心の深いところに触れてくる。ひとりで世界に立ち向かっているようなその姿勢に、どこか自分を見ているような気持ちになるのかもしれない。

つまりは保護本能なのだろう。それ以上のものではない。いや、それ以上の思いをジアに対して抱くことを自分に許すつもりもない。彼女はすでに一度ぼくを切り捨てた。あのときの二の舞はごめんだ。しかも、ステファノ・カスティリオーネはいずれ街に戻ってくる。その心構えもしておかなくては。情に流されている場合ではない。ラゼロの意見が正論なのはわかっている。

会社の将来はエレベイトの成功にかかっている。いまは仕事に全力を傾けなくてはならない。発売イベントを滞りなく成功させるのだ。ひとつの失敗が命取りになる。

そんなときだからこそ、ジアとの関係を良好にしておくことが大切なのだ。不可能ではないはずだ。今夜、ようやく彼女は心を開いてくれた。やっとサントも彼女がなぜああいう行動に出たのか、多少なりとも理解できた。あと一歩だ。

ぼくたちはきっとうまくいく。いかせてみせる。サントは決意を新たにした。

7

ジアが目覚めると、今日もまた見事に晴れ渡っていた。ニューヨークの空から明るい陽光が、ペントハウスの広い窓を通してさんさんと降り注いでいる。ここはレオと寝ているゲストルームではない、そう気づいてジアははっとした。サントのベッドだ。そこで、わたしたちは情熱的な夜を過ごした。

太陽はすでに高くのぼっていた。ジアは驚いて上掛けをめくり、ベッドから飛び出した。レオが泣き喚《わめ》いているところを想像したが、ふと、今日は土曜日だと気がついた。そして息子はもう起きていた。朝早くにサントが、自分がレオの朝食を用意するから寝ているようにとささやいたことを思い出した。

しかし、アパートメントの中は静かだった。窓の下に見える街はすでに活気にあふれているのに、室内は静けさに覆われている。とはいえ、あの子が憧れのスーパーヒーローよろしくベランダから飛んでいったはずがない。たかぶる神経をなだめながら、ジアは枕に頭を預けた。

ジアはいま、自分をむき出しにされたような心細さを感じていた。胸の中はどう向き合っていいのかわからない感情であふれている。

前回もそうだった。だから逃げ出したのだ。

ふたりが分かち合ったものをすべて捨てて。

けれども今回は逃げ出すことはできない。

レオのため、サントとともに新しい生活を築いていくと決めたから。では、わたしはあのときいったい何から逃げ出したの？

〝複雑な状況だったが、ぼくは行動に出る価値があると思った〟

ジアは唇を噛《か》んだ。わたしはまたとない尊いものを切り捨てたのだろうか？　幼いころから夢見ていたすべてがそこにあったのに、不安と恐れから台なしにしてしまったの？

本当はずっと、サントの腕の中にいたころの少女に戻りたかった。それを認めるのが怖かっただけだ。彼がさまざまな女性と付き合っているのを見るのはつらくてたまらなかった。自分が選ばれないことはわかっていたから。

でも、それは思い込みだったのだろうか？

ゆうべ、ジアは自分の最悪の部分を吐き出した。秘密をすべて明かした。それでもサントはまばたきひとつせず、何ひとつ問題はないという態度で受け止めてくれた。でもこの結婚が世間に知れたらどうなるの？　ラゼロの言うとおり、ビジネスに影響が出るのでは？　彼の兄が言ったことの一部は、紛れもない真実なのだ。

そのときサントは後悔しないだろうか？　しないとは思えない。いままでの人生、いいものはすべて――友情や人との絆《きずな》はすべて、自分が何者かということが原因で最後には壊れた。サントとの関係だけは違うと信じることなんてできない。

人の声がして、ジアの思考はさえぎられた。続いて小さな体が部屋に飛び込んできて、ベッドの上に着地した。「ママ！」ぽっちゃりした腕で母親にしがみつく。「ブーグルかったよ！」

「ベーグルだろう」サントが、コーヒーと茶色い紙袋を手に入ってきた。「きみの息子はふたつ平らげたよ。ぼくに似て、食べることが好きらしい」

その引き締まった体からは想像できないけれど。Tシャツと体にぴったりしたジーンズというでたちの夫を見ながら、ジアは思った。少し脈が速くなる。

「おねぼうだね」レオがジアの髪をくしゃくしゃにしながら言った。「つかれたの？」

サントは息子の頭越しにジアを見て、いたずらっぽく目をきらめかせた。「ママはゆうべ、忙しかったんだ。だからお寝坊しているのさ」

「サント」ジアは目で夫を制した。

「何だい？」彼は手にしていたものをサイドテーブルに置くと、ベッドの頭板に手を置き、身をかがめて彼女の唇にキスをした。「きみは……忙しかったじゃないか」

レオはにこにこしながらその光景を見ている。「あの子が真似《まね》したらどうするの？」ジアは小声で言った。

「六十秒後には忘れているさ」サントは意に介さなかった。「レオの関心の的はくるくる変わる。さっきもニューヨークの交通に大混乱を巻き起こすところだった」

ジアの心臓が跳ねあがった。

「落ち着いて」サントがなだめるように言う。

「ぼくは片時も離れなかったよ」

レオは自分のTシャツを引っ張って、誇らしげに言った。「みて。おそろい」

ジアは息子が着ているTシャツを見やった。夫のものとサイズ違いだ。同じ服。同じブロンドの髪。ジアの胸が妙な具合にうずいた。整った顔立ちも同じだ。

「買い物をしてきたの？」

サントが肩をすくめた。「レオがウインドーに飾ってあるTシャツに目に留めてね。〈スーパーソニック〉のものだった。幼いうちから愛社精神を育むのは悪いことじゃない。帰りには往年の野球選手、ジョー・ディマジオについて話をしたよ。もっとも」彼は苦笑して、あとを続けた。「途中でレオは蝶《ちょう》を追いかけはじめたけどね」

喉のしこりがマンハッタン並みの大きさに

までふくらんだ。

彼女の心情を感じとったのか、サントのまなざしがふと陰った。「そろそろきみも起きたほうがいい」親指でジアの顎をそっとなぞる。「することがあるんだ」

ジアは眉をひそめ、サイドテーブルからコーヒーを取った。「今日は土曜日よ。何をするの？」

「家を見に行くのさ。不動産業者が今朝電話をかけてきた。サウサンプトンのいい物件が売りに出たんだ。海に面していて、絶景が望めるらしい」

サウサンプトン。大好きな土地だ。美しい風景と果てしない海岸線。以前はあそこに家を買うのが夢だった。

「うみ」レオがうれしそうに言った。「シャベルもっていこう」

サウサンプトンはロングアイランドの東側、フォーク郡の南東部に位置し、高級住宅地として知られている。その荒削りの美しさはマンハッタンの名士たちほか、産業界の大物や名だたる資本家を惹《ひ》きつけてきた。酷暑の中でも村には派手な車と高級ブランドの服を着た人たちが行き交い、華やかな賑《にぎ》わいを見せていた。

紹介された物件は期待を裏切らなかった。ハイセンスな店が並ぶメインストリートから歩いてすぐの海岸沿いにある、高級リゾートらしいコロニアル様式の瀟洒《しょうしゃ》な屋敷だ。寝室が五部屋あり、美しい夕陽《ゆうひ》を眺められる広いポーチがついていた。

ジアは目の前に広がる海と高い天井、大きな暖炉に魅了された。これこそわが家という感じがする。バハマの家と同じ平静と落ち着きが感じられた。サントは手入れの行き届いたテニスコートやブルーストーンを敷きつめた中庭、海に面したプールに惹かれたようだ。レオは予想どおり、海と船に夢中になった。

「気に入ったようだね」サントが言った。ふたりは、不動産業者がレオを浜辺へ案内しているあいだ、テラスに並んで立ち、景色を堪能しているところだった。

「あなたもね」ジアは返した。「テニスコートにうっとりしていたわ」

「それと海沿いのランニングコースも。朝走るのは気持ちよさそうだ。きみはついてこれなくなったら景色を楽しむといい」

昔のように朝、彼と一緒に走ることを考えると胸が熱くなった。「あなたがついてこれなくなったら、の間違いじゃない？」

「記憶によれば」彼は言った。「ぼくが負けたのは、こむら返りを起こした一度だけだ」

癪《しゃく》だけれど、それは事実だ。いずれにしても、この家はすてきだった。

結局その場で購入を決めた。この大冒険に

興奮しっぱなしで、昼寝も抜きだったレオは、夕方になって帰るころにはうとうとしていた。サントは彼を二階の寝室まで運び、ジアがレオのお気に入りの青い毛布を探すあいだに、ベッドに寝かせてパジャマに着替えさせた。

「ぼくのベッドがいい」レオは着替えさせてもらうために腕を持ち上げながら言った。

「自分のベッドで寝ているじゃないか」サントはTシャツを頭から脱がせた。「スーパーヒーローは服を着替えるんだよ」

レオの下唇が震えた。「ぼくのベッド」

毛布を探していたジアは動きを止めた。いつかこういうときが来ると思っていた。レオがこれは大冒険ではなく、永遠に続く現実なのだと気づく瞬間が。慣れ親しんだものが恋しくなりはじめる瞬間が来ると。息子の心細げな表情を見ると、ジアは胸を衝《つ》かれた。

「ぼくたちはここで暮らすんだ」サントは優しく言った。「今日見た青い部屋を覚えているだろう？　あそこがきみのものになる。スーパーヒーローの隠れ家にしよう」

レオは首を振った。「ぼくのへやがいい。ともだちにあいたい。おうちにかえりたい」

サントは息子をなだめようとしたが、疲れすぎたレオはぼろぼろと涙を流し、手足を振り回して着替えを拒否した。ジアは床に落ちていた毛布を拾い上げ、割って入ろうとしたがすでに遅かった。癇癪《かんしゃく》を起こした息子は、こぶしでサントの胸を叩《たた》いては家に帰りたいと泣き叫んだ。

ジアは呆然《ぼうぜん》としている夫からレオを引き離した。レオは毛布をつかんで母親にしがみつきすすり泣いた。涙がTシャツを濡《ぬ》らすのを感じながら、ジアはしっかりと息子を抱き締めた。

「わたしに任せて」ジアはサントに言った。「今日は盛りだくさんだったから」

サントはキッチンでエスプレッソを作り、二、三通の急ぎのメールに返信をした。発売イベントは近づいてきており、土曜日だからといって休んではいられない。だが、彼は息子の癇癪にすっかり動揺していた。突然怯《おび》えたように泣き喚き、自分にはなだめようもなかった。

昔の記憶が蘇《よみがえ》った。自分の世界が足元から揺らいだ日。サントは十三歳だった。会社が破綻したあとの父はまともな精神状態とは言えず、母は出奔した。翌週サントはずっと、ニコが働くことになった金物屋の二階に借りた小さな部屋に、どの自転車を持っていくかを考えていた。母が二度と帰ってこないという事実を受け止められずにいた。

最初にそのみすぼらしいアパートメントに足を踏み入れたときは愕然《がくぜん》とした。これまでとはまったく違う世界だった。さびれた界隈《かいわい》にある、寝室がふたつきりのみすぼらしく狭い空間。その新しい〝わが家〟で、父は最初の夜から酒に溺れた。母もいなくなったいま、もはや父を止めるものはなかった。

その晩、サントは癇癪を起こした。変化に対応し切れなかったのだろう。ラゼロと部屋を共有しなくてはいけないこと、別人になってしまった父の面倒を見なくてはいけないこと、学校まで電車で行かなくてはいけないこと——すべてに腹が立った。やがてニコに〝いいかげんにしろ〟と一喝された。なんとかやっていくしかないんだ、と。

たぶんそのとき、サントの中で何かが変わった。強くてストイックな長兄のニコが自分と同じように途方に暮れていると気づき、初めて本当に怖くなったのだ。

三人兄弟はそれぞれ葛藤を抱えつつ、生き延びるために結束した。だが、レオはあのころのぼくたちとは違う。サントは深く息を吸い、心に誓った。あの子は、自分には与えられなかった愛情と援助を受ける。たしかな生活基盤の上で、未来へ向かっていく。

サントはエスプレッソを手に椅子に座った。いままでは何をするのが正しいのか、息子にとって何がいちばんなのかばかり考えていた。急激な変化が彼に与える影響まで考えが及ばず、そのあげくに自分と同じ思いをさせてしまった。慣れ親しんだ場所から突如引き離し、彼の世界を根底から揺るがした。

だが、レオにはジアがいる。あの子は安心し切った様子で母親の胸に体を預けていた。ジアはレオの世界すべてなのだ。やはり母親の存在は大きい。

だから自分としては、このままやり抜くしかない。最初に誓ったとおり彼女といい関係を築き、レオに本物の家族を与えてやるのだ。

しばらくしてジアがオフィスに入ってきて、デスクの端に腰かけた。サントは読んでいた報告書から目を上げた。「レオはどうしている?」

「眠ったわ」彼女は穏やかな口調で答えた。「この二週間、新しい体験の連続だったから。たまにあんなふうに癇癪を起こすのよ」

サントの胃が縮こまった。息子のああいう姿は二度と見たくない。

「大丈夫よ」ジアは手で彼の頬をなぞり、からかうような口調で言った。「あなたったら、ほかの世界に行ってしまったみたい。何を考えているの?」

サントは胸につかえる感情を脇に追いやり、彼女をじっと見た。白いTシャツに赤いショートパンツという姿もまた魅力的だった。

見つめられて、ジアは頬を赤らめた。「そういうつもりじゃないのよ」

「ぼくはそのつもりだが」彼女の腰に手を回して引き寄せ、自分の膝に座らせる。これまでどうしてほかの女性では満足できなかったのか、いまわかった。美しい瞳に宿る燃えるような輝き、自分の腕にしっくり納まる完璧な肉体。誰もジアではなかったからだ。

サントは彼女のうなじに手を滑らせると、その唇にそっとキスをした。

それから二週間ほど、ジアはサウサンプトンの家をイメージどおりの風の抜ける現代的な住まいにすべく、こまごまとした作業に追われた。サントのほうも発売イベントの準備に忙しく、朝は六時には会社へ向かい、夜はなんとか夕食の時間に間に合うよう帰るという生活が続いた。

そういうわけで、ふたりきりになれるのは夜だけだった。それでもベッドの上ではお互い飽くことのない情熱を燃やした。ひとたび解き放たれた欲望はもはや抑えようがなく、彼への思いに歯止めをかけようというジアの誓いも役には立たなかった。

ふたりの関係には価値があると思ったと、彼は言った。でも、それはあの当時のことだ。彼が自分を許してくれたとしても、いまも当時のような思いを抱いてくれていると期待するのは、愚かというものだ。

そんな中だからこそ、気分転換はありがたかった。メトロポリタン美術館《MET》パーティが近づいていた。毎夏に行われるニューヨーク最大の催しに、今回ジアはサントの妻として参加することになっていた。ついにマンハッタンの社交界に復帰するのだ。狼《おおかみ》の群れの中にふたたび放り込まれるような気分だったが、クロエがイベントの出資者ということもあり、出席しないわけにはいかなかった。

ぐずぐずと準備を先延ばしにしていたせいで、ジアはパーティ当日の午後になって、着る予定だったドレスに染みがついているのを発見した。ナッソーではほとんど人付き合いをしなかったため、手持ちの服は限られている。だが、ありがたいことにキアラが助けに駆けつけてくれた。彼女はセンスがいいうえに、幸運にもジアと体型が似ていた。

レオをジャックとともにベビーシッターのアンナに任せ、キアラに連れられてウエスト・ブロードウェイにあるブティックを訪れた。義姉は自由に選ぶよう勧めてくれたが、ジアはキアラのデザインしたドレスにひと目惚《ほ》れした。クリーム色で、布をねじって交差させた形の、ホルターネックのセクシーなドレスだ。

試着して、大きな鏡で自分の姿を眺めた。

「やりすぎかしら?」

キアラは彼女を上から下まで眺め、ゆっくりと笑みを浮かべた。「すてきよ。その色、あなたの肌にぴったりだわ」

「でも、これ」ジアは大きく開いた胸元と背中を示した。「下には何も着られないわね」

「だからいいんじゃない」キアラは黒い目をきらめかせた。「ほどよくセクシーよ。完璧だわ。サントが惚れ直すこと請け合いね」

ジアとしてはサントをこれ以上刺激したいのかどうかよくわからなかったが、言われるままそのドレスに決めた。

用意は整った。あとはこの、ぴりぴりと尖《とが》る神経さえなんとかなれば——。

METパーティは、ニューヨークの秘宝とも言われるクロイスターズ美術館で開かれる。一九三〇年アメリカの石油王ジョン・D・ロックフェラーが自身の所有する膨大な美術品を展示するため、中世の大修道院の建築様式を模して建てた美術館で、その後ニューヨーク近代美術館に寄贈された。西洋中世の美術作品や建築物が多数収められている。アッパーマンハッタンのハドソン川を望む美しい丘陵地帯に位置し、街の中心部から四十分はかかるが、遠出するだけの価値はあると誰もが認めるだろう。赤いカーペットが敷かれた階段をのぼると、シャンパンのトレイを手にしたウェイターに出迎えられた。

メインホールではカクテルがふるまわれていた。紫とピンクの照明が、そのきらびやかな光で美術品やステンドグラスを照らしている。ジアとしては薄暗いくらいのほうがありがたかったのだが。マンハッタン中の著名人が一堂に会しているようだ。

　顔見知りの人も、初めて会う人もいた。共通しているのは、みなゴシップ好きという点だ。そしてサントの結婚とその相手は格好のネタだった。

　ジアに向けられる意味ありげなまなざし、挨拶のあとの意地の悪い問いかけ。よほど鈍感でなければ、気づかずにいられない。昔と同じだ。ただ、これまでと違うのは、サントがそばにいることだった。

　シルバーグレーのスーツに濃紺のシャツといういでたちの彼は、息が止まるほど魅力的だった。彼女の指にしっかりと指を絡め、人混みの中を歩きまわりながらも、片時も彼女から目を離さなかった。学生時代からジアを目の敵にしてきた女性たちのグループと再会したときには、それが支えになってくれた。

　パーティの主催者でもある三人は昔も彼女を徹底して無視したが、今夜も同じだった。彼女たちはクロエとキアラに近づき、セントラルパーク温室ガーデンの管理委員会に参加するよう、ふたりにだけ話しかけた。

　ジアの笑みが引きつり、用心深く固めた鎧《よろい》にひびが入りはじめた。そのとき、サントがぎゅっと手を握り、耳元でささやいたのだ。「より強く、タフに。覚えているかい？」

　そのひと言がジアを別の場所、別の時代へ

と引き戻した。学校で、父がコーチに圧力をかけて彼女を陸上チームの選手に選ばせたと知った、あのときへと。ジアは当初、そのことを知らなかった。

夢をかなえ、意気揚々とフィールドをあとにしたときは人生最高の瞬間だと思った。だが、ロッカールームへ向かう途中、ほかの選手が父の噂《うわさ》話をしているのを聞いてしまった。

ジアは向きを変え、反対方向へ走った。選手の地位は自分の力で勝ちとったと思っていた。そのときだけは自分が何者かではなく、自分がフィールドで何を成し遂げたかで判断されたと思っていた。けれどもやはり、すべて幻だった。

あのときサントは、ジアの顔を見るなりアメフトの練習を抜け、チームからブーイングがあがるのも無視して彼女に近づいた。だが、期待したような同情の言葉をかける代わりに、彼は首を横に振り、ここで辞めてはいけないと諭したのだった。きみはほかの人より強く、タフにならなくてはいけない。自分がそれだけの価値があると証明してみせること。それ以外に、周囲の連中を黙らせる方法はない。

だから、ジアはそうした。誰よりも長時間、ハードな練習をこなした。そしてその年の市の選手権で優勝したのだ。

ジアは胸を張り、顎を上向けた。サントの

言うとおり。わたしはこんなことに負けない。強く、タフな女性なのだから。

自作のブルーのドレスをまとったキアラと優雅な白のロベルト・カヴァリのロングドレスに身を包んだクロエが、ジアをすぐに人々の好奇の目から救い出してくれた。三人で展示されている美術品を鑑賞しながら、ジアはしだいに緊張が解けていくのを感じた。いままで味方がいたことはなかった。デリラ以外には友だちも気にかけてくれる人もなく、守ってくれる家族もいなかった。いまの自分には味方も家族もいる。義姉たちのあたたかな思いやりに包まれながら、ジアはそれを痛感した。

サントはバーカウンターに寄りかかり、ヨーロッパ出張から帰ったラゼロの話を聞きながら、片方の目でじっとジアの姿を追っていた。今夜はニューヨークでも選《よ》り抜きの美女たちが集まっている。だが、妻のようにサントの胸を高鳴らせる女性はいなかった。膝丈のクリーム色のドレスは彼女の見事な脚を引き立てていた。体のほかの部分もサントを魅了してやまず、何週間経《た》っても欲求は衰える気配すらなかった。

今夜、ジアは周囲に渦巻くゴシップを静かな威厳を持って受け止めた。思ったとおりだ。彼女は強くなった。動揺はしたものの、持ちこたえ、宝石のような輝きを放ち続けた。

「それで、結婚生活は順調なのか？」

サントは兄に視線を移した。ここ数週間、妻の話題は避けてきた。どうせステファノ・カスティリオーネの話になり、彼がいまだに新聞の見出しを飾っていることが問題になるのはわかっていたからだ。

「ああ」サントは気がなさそうに答えた。「完璧だよ。きいてくれてありがとう」

実際、私生活は万事順調だった。美しい妻、充実した夫婦生活、かわいい息子——。これ以上望むものはない。

「それはよかった」ラゼロはスコッチをひと口飲んだ。「マドリッドの空港でジェルヴァージオ・デルガードとばったり会ったんだ。土曜の夜に食事をすることになった」

サントは目をしばたたいた。デルガードは、最新ファッションを独自のオンデマンド生産によって短期間で店頭に並べるという方式を編み出した、スペインの実業家だ。世界最大のファッションチェーン〈ディベルティード〉のオーナーでもある。

サントは片方の眉を吊《つ》り上げた。「デルガードは人付き合いをしないことで有名だ。どうやって約束を取りつけたんだい？」

兄は肩をすくめた。「エレベイトの話をしただけさ。向こうが興味を示した」

サントは興奮を覚えた。「いけそうか？」

「春のキャンペーンに向けて靴がほしいそうだ。うまくいけば大きな取り引きになるだろう」

ラゼロは言葉を濁した。デルガードは気まぐれなことでも有名だ。どう転ぶかはまだわからない。

「デルガードは細君を連れてくると言っていた」兄が続けた。「ジアが相手をしてくれると助かるよ。デルガードによると、妻のアリシアはマルベーリャにある自宅を改装中なんだそうだ。きっと話が合うだろう」

それはいい。ジアは才能豊かなインテリアデザイナーだ。アリシアのいい相談役になる。

もっとも、いまのサントは一刻も早く彼女を家へ連れて帰り、ドレスを脱がせてその美しい肉体を味わいたいということしか考えられなかったが。

晩餐《ばんさん》はクロイスターズ美術館内の庭園で供された。大理石の柱廊の脇にテーブルが用意され、ろうそくの明かりがまたたく中、黒服の給仕が静かに料理を運んでいる。ジアはシャンパンとともに食事を味わいながら、軽いめまいを覚えていた。

サントが何かにつけて手を触れてくるせいかもしれない。食事のあいだは、ずっと彼のあたたかなてのひらが腿に置かれていた。会話の合間にはちらりと意味ありげな視線が向けられた。ふたりのあいだに熱い電流が流れていることは、もはや無視しようがなかった。

室内に移動し、スペインのロマネスク時代の教会を再現したチャペルで音楽を楽しんだ。中は薄暗く、自然とその華麗な円天井とビザンティン様式のフレスコ画に視線が向くようにできていた。

「踊ろうか」サントがささやく。

ジアとしては、体が蕩《とろ》けそうで膝に力が入らないこと以外に、反対する理由がなかった。サントはどこかの時点で上着を脱いだらしく、濃紺の生地が広い肩を覆っている。胸のときめきを抑え、ジアは彼について混み合うダンスフロアへ向かった。

だがフロアの手前でうしろから声をかけられた。アビゲイル・ライトと恋人のカール・オブライエンだった。黄褐色の髪にハート型の顔、輝くブルーの瞳という典型的な南部美人のアビゲイルは、セクシーでけだるげな声でサントに挨拶をした。

「いい知らせは早く伝わると言うでしょう」

その目にいくぶん傷ついた表情を浮かべて彼女は言った。「先週あなたのところの広報からミュンヘンで行われるイベントの司会をしてほしいと依頼されたの。結婚のことを聞いたときには耳を疑ったわ。おめでとう」

サントは彼女の両頬にキスをした。「ありがとう。急な依頼を引き受けてくれたことにも礼を言うよ。広報の連中も感謝している。それと、カール」彼は、肩幅の広いクオータ―バックのほうを向いて続けた。「会えてよかった。いつダークサイドからこちらに鞍替《くら》えする予定だい?」

カールは肩をすくめた。「契約は来月で切れる。ちょうどいま交渉中でね。条件しだいで、そちらに鞍替えを考えないでもないよ」

サントの目がきらりと光った。「それはいいことを聞いた。あとで話をしよう」

そのあとは、近々ミュンヘンで行われる〈スーパーソニック社〉主催の若手リーダーを集めた会議について話をした。アビゲイルが司会を務めることになったイベントだ。ジアはひそかに嫉妬を覚えた。彼とアビゲイルは同時期にドイツに滞在する。同じ高級ホテルに泊まり、もしかすると食事もともにするかもしれない。

そう思うといたたまれなかった。アビゲイルの発する質問はどれも的確だった。そもそも〝世界を変える推進力たる若者の未来〟というイベントのテーマは、彼女の日頃の活動と深くかかわりがある。すばらしいテーマ、すばらしい女性だ。

ジアとしては彼女を憎みたかったが、できなかった。アビゲイルは自ら選んだ大義に忠実に、情熱を持って生きている。こういう女性ならサントの完璧な妻になるだろう。人々を魅了する影響力の大きなカップルの誕生だ。相手がアビゲイルなら、サントの隣に立っているだけで周囲が眉をひそめることはなかっただろう。ジアは複雑な思いをなんとかのみ込んだ。

やがて会話が終わるとサントは彼女をダンスフロアへ導いた。

敏感なサントは、指で彼女の顎を持ち上げてきいた。「どうかしたのか？」

「別に」

彼がいたずらっぽい笑みを浮かべる。「妬《や》いているのか」

「彼女なら、あなたにぴったりの奥さんになったでしょうね、サント」

「理論上はそうかもしれない」彼は認めた。「美人だし、才能豊かで賢い。すべての項目を満たしている。でも、何か欠けているんだ」

「何が？」聞いたら、さらに傷つくことになるかもしれない。あの完璧さに何が欠けているというのか。けれども知りたい気持ちを抑えられなかった。

「炎だ」彼はジアを見つめて答えた。「ひらめきと言おうか。いずれにしてもきみがやきもちを焼いたと知ってうれしいよ。ぼくたちの関係を大切に考えている証《あかし》だからね。うまくいくことを望んでいるのはぼくだけではないらしい」

サントのまなざしにもうおどけた様子はなかった。ただ次の一歩を踏み出すのはきみだという、静かなメッセージがあるだけだった。彼がそっとジアを引き寄せる。ジアは怖くなった。あと少しで、ふたたび彼に恋してしまいそうだ。そうなったらもう止められない。

混み合うフロアでほかの踊り手とぶつからないよう、彼のてのひらが腰に置かれた。体が接近し、がっしりとした肉体が肌に触れる。わずかに伸びかけた顎鬚《あごひげ》が頬をこすった。

彼の指が髪を撫《な》で、あたたかな息が顔にかかる。やがて唇が重なった。と同時にすべてが背景に沈んだ。音楽も、ほかの踊り手たちも、魅惑的な舞台も。

ジアは彼に身を預けた。腿に硬い下半身を感じてはっとする。サントは顔を上げ、熱い情熱をたたえた黒い瞳で彼女の顔をのぞき込んで、ささやいた。

「そろそろ家に帰ろう」

ほかのディ・フィオーレ一族を捜して暇《いとま》乞《ご》いをしたあと、ジアは化粧室に寄った。簡単に化粧を直してから、メインホールを通り抜けてサントの待つ出口へと向かう。そのとき、背後から呼び止められた。

ニーナ・フェローネだった。ホテル経営者であり、ニューヨークにいくつかブティックを所有する彼女は、五十代前半の洗練されたブロンド女性だった。頭からつま先までブランド物で固め、圧倒的な存在感を放っている。「あなたをつかまえられてよかったわ」ニーナはジアの両頬に軽くキスをした。「さっき見かけたんだけれど、部屋を突っ切っていけなくて。この人混みでしょう」彼女は同伴している娘を紹介したあと、前置きなしに仕事の話に入った。「デリラからあなたがニューヨークに戻ったと聞いたの。実はアッパーイーストサイドにある〈ザ・ビリヤーズ・ルーム〉を改装したいと思っていてね。デリアからあなたが〈ロスチャイルド・バハマ〉の内装を手がけたと聞いたわ。うちのもお願いできないかしら?」

ジアの心臓が跳ねあがった。〈ザ・ビリヤーズ・ルーム〉はマンハッタンでも最高級のホテルだ。ニーナがイギリスから仕入れた見事なアンティークの数々が十九世紀ヨーロッパの雰囲気を醸し出し、客を異空間へと誘う。ジアは昔から憧れていた。だが、ここはニューヨークだ。時間的な制約があるだろう。

ジアは無念の思いをのみ込んで答えた。「無理だと思います。息子がまだ三歳で、あの子のことを最優先に考えなくてはならないから。デリラと仕事をしていたときは、勤務時間を融通してもらっていたんです」

「それもデリラから聞いたわ」ニーナは肩をすくめた。「誰でもいいという仕事じゃないの。これという人でなくては。だから、あなたの予定に合わせてもらってけっこうよ。ただし春までには仕上げてほしいの。夏のシーズンをふいにするわけにはいかないから」

ジアの脈が速くなった。それならたっぷりと時間がある。ニーナはチームにはいい人材をそろえると約束してくれた。

クロエが、優秀なベビーシッターが仕事を探していると教えてくれた。もしナッツーと同じようなスケジュールが組めるなら、依頼を受けることは可能だ。レオのそばにいながら、仕事ができる。

ニーナから名刺を受けとり、来週彼女が街に戻ったらまた会う約束をして別れた。ジアは足取りも軽く出口へ向かった。

もしかしたらこの新しい生活の中で、わたしが失ったと思ったすべてを取り戻せるのかもしれない。

結局、ラゼロとキアラも一緒に車で帰ることになり、車中ディ・フィオーレの男性ふたりは、カール・オブライエンの件について熱心に話し込んでいた。ジアもサントと話がしたくてたまらなかったが、家に帰るまで待つことにした。ペントハウスに戻りドレッシングルームでふたりきりになると、晩餐会のあいだに高まっていた興奮が、マンハッタンの夜景を背景に舞い戻ってきた。

サントはネクタイの結び目にかけた指を止めて言った。「どうしてそんなに離れているんだ？　こっちへおいで」

その熱い視線に、ジアの背筋はぞくぞくした。「まだわたしのいい知らせを話していないからよ」サンダルを脱ごうとしていたのをやめて答えた。「今夜、ニーナ・フェローネとばったり会ったの。アッパーイーストサイドにある〈ザ・ビリヤーズ・ルーム〉の改装を手がけるデザイナーを探していて、わたしに依頼したいと言ってくれたの」

サントは動きを止めた。「いつだ？」

「来月からよ」ジアはうれしそうに答えた。「勤務時間は融通をきかせてくれるそうなの。期限は春までだけど、一緒に仕事をするチームが優秀だから、問題ないだろうって」

サントはネクタイを取ると、椅子に放った。「せっかくいまはすべてがうまくいっているのに、どうして仕事に出る必要がある？」

彼の口調の何かが、ジアの警戒心を呼び覚ました。「インテリアの仕事が好きだからよ。ここで名前を売るいい機会だわ。ニーナのような影響力のある顧客がつけば箔《はく》がつくでしょう。またとないチャンスよ」

「ここで名前を売る必要はない」サントは胸の前で腕を組んだ。「そもそもぼくの妻は働く必要などない。レオもやっと落ち着いたんだ。また変化が生じるのは望ましくない」

ジアは全身がかっと熱くなるのを感じた。何がいちばん腹立たしいのか、自分でもよくわからなかった。レオをないがしろにすると思われたことか、それとも自分のキャリアを無視されたことか。実際、彼にとっては妻の仕事などさして意味を持たないのだ。これではフランコと変わらないではないか。

高揚感がいっきに醒《さ》め、ジアはサンダルを片方、乱暴に脱いだ。「もちろん、レオの幸せが第一なのはこれからも変わらないわ。でも仕事と息子の世話を両立できないことはないはずよ。それに、わたしは仕事をする必要があるんじゃなくて、仕事がしたいの」

「だったら手近なところで見つければいい」

サントはこともなげに言った。「サウサンプトンの家もあるし、メイン州にあるボートハウスも改築が必要だ。ぼくのオフィスだってある」

「そうね」ジアは奥歯を噛《か》み締めた。「それがすんだら新しいクローゼットに取りかかるの？　あなたの高価なスーツや靴を効率よく収納するために？」

サントはいらだたしげにジアを見た。「やめないか――」

ジアはもう片方のサンダルも脱ぐと、二足とも手に取って彼の前を通り過ぎ、靴用クローゼットの棚に向かって投げつけた。狙いははずれ、サンダルは床に転げ落ちた。

サントはさっと腕を出し、彼女の行く手をさえぎった。「何が気に入らない？」彼は低い声で言った。「ここでぼくはすべてを与えた。新しい家。結婚生活。そしてきみがこの生活に慣れるのを待った。それなのに、まだ満足できないというのか？」

「それは違うわ」ジアは顔を真っ赤にして反論した。「わたしの生活はナッソーにあった。夢があり、仕事があり、幸せだった。それがいまは戻りたくなかったニューヨークに戻り、あなたと結婚している。結婚だってわたしが望んだことじゃない。そしていま、あなたはわたしの人生に意味を与える唯一のものを奪おうとしている」

「キャリアをあきらめろとは言わない。少し休んでほしいだけだ。少なくともレオが学校に入るまで。そのあとはあの子が学校から帰るころには家にいるよう予定を組んで、仕事をすればいい」

「おかしいわね」彼女は怒りを抑えて言った。「妥協しなければいけないのはわたしだけみたい。あなたとあなたのキャリアは何ひとつ軌道修正する必要がないの？」

彼は肩をすくめた。「ぼくは数十億ドル規模の会社を共同経営している。その中でできる限りレオと過ごしているつもりだ。ぼくたちにとっては、いまの状況がベストなんだ」

「あなたにはそうでしょうね」ジアは体の脇

でこぶしを握った。「でも、わたしにはベストとは思えない」

「じゃあ、もっとぼくに関心を向けるというのはどうだ?」彼が声を落として言った。「レオは三歳だ。弟がほしいと言っている。ふたり目を作ることを考えてみないか」

ジアの息が止まった。ひと晩中ふたりのあいだにくすぶっていた情熱がふたたび燃えあがった。仕立てのいいスーツを着た彼はたまらなくゴージャスで、見つめているだけで頭がくらくらしてくる。

「話をそらさないで」ジアはぴしゃりと言った。「あなたのその、古臭くて狭量な考え方には腹が立つわ。耳障りのいいことばかり言って、わたしをだましたようなものじゃない」

「ぼくは嘘《うそ》は言っていない」彼は言い返した。「レオを最優先に考えるということではお互い同意したはずだ。しいて言えば、不作為の罪というやつだ」

ジアはてのひらに指を食い込ませた。「いつかの晩、わたしは仕事を続けたいと言った。あなたはかまわないと答えたわ」

彼の顔につかのま自責の念がよぎった。「仕事をするのはかまわない。ただ、いままでなくてもいいだろう」

サントの冷静なまなざしを見て、ジアは悟った。つまり彼は最初からわたしに仕事をさせる気などなかったのだ。計算ずくだった。

この街で彼の意に背いてまでわたしを雇う人間などいない。ニーナ以外にそれだけの気概がある人間は、たぶんいない。

サントは彼女に近づき、親指で頬を撫でた。

「おいで、ベイビー。ぼくの気持ちはわかっているだろう。いまになってことをややこしくしないでくれ。いまぼくは、そんなことにかまっていられないほど忙しいんだ」

最後のひと言で、ジアの理性は吹き飛んだ。自分の仕事は重要で、妻の幸せなんてそれに比べたらどうでもいいということね。彼女は一歩うしろに下がると最初に手が触れたものをつかみ、投げつけた。サントは見事な反射神経でその赤いハイヒールを受け止めたが、それでもジアはいくらか気分がすっきりした。もう一足、投げつける。

怒りはまだ収まらず、次から次へと靴をつかんでは投げた。やがて棚に残るのが最後の一足になると、彼女は震える手でその靴をつかんだ。サントは目をぎらつかせ、険しい表情で彼女を見守っている。「残り一足だ、ジア。そのあとは覚悟しておけ」

恐怖と興奮にジアは身をこわばらせた。彼の目を見つめ、胸を大きく上下させながら狙いを定めると、後先考えずに投げつけた。

彼は猫のようにすばやく動き、靴を途中でつかむと脇に放り、彼女を抱えあげた。大股でドレッシングルームを出て寝室に入り、大きなキングサイズのベッドに投げ下ろす。そして上にのしかかった。

「妥協点を見つけるしかない」彼は言った。「もう騒ぎはごめんだ。マフィアのお姫様ごっこは終わりだよ」

そのばかにした言い草に、ジアは彼を蹴りあげてやりたくなった。ただ、〝妥協点〟という言葉が、多少なりともまだ働いている脳に届いた。彼のほうもある程度は妥協するつもりがあるということだろうか。

そう思った瞬間、彼の舌が敏感な喉元をなぞった。ついで熱く硬い下半身が腿に押しつけられ、ジアは何も考えられなくなった。

「いやならいますぐベッドから出たほうがいい」彼はジアに選択肢を与えた。けれども彼女は答えを口にできなかった。ひと晩中こうすることを求め、想像を巡らせていたのだ。

サントは彼女のドレスを腿まで引きあげた。そしてレースのショーツを押しやり、親指の腹でなめらかな肌をなぞった。

「もっとほしいか？」

ほしくなんかない、とジアは心の中で叫んだ。だが体が求めている。「ええ」気がつくと腰を浮かせ、彼の愛撫《あいぶ》を受け入れていた。同時に彼のベルトを探り、ファスナーを下ろして下半身を解放する。すぐにサントが深々と身を沈めてきた。

満たされるのを感じながら、ジアは大きく息を吸った。じっと彼の顔を見つめる。欲望が刻まれた顔の美しい輪郭。漆黒に見える陰った瞳。彼も自分と同じく恍惚《こうこつ》の極みにいる。

サントが頭を下げ、唇を合わせてきた。ジアは目を閉じ、ただ内に感じる彼の力強さと、満ち引きする快感に浸った。彼が絞り出すような声で自分を解放し達するよう促す。快感が波のように押し寄せ、彼女の体をのみ込んだ。興奮が高まっていく。

サントは片手でジアの腿をつかみ自分の腰に巻きつけて、さらに深く彼女を突いた。歓《よろこ》びが炸裂《さくれつ》し、ジアの肉体と魂を揺さぶった。ふたりは同時に動き、呼吸し、やがて同時に声をあげ、絶頂を迎えた。

ジアはぐったりとして、やわらかな上掛けの下で体を丸めた。霧が晴れるようにゆっくりと意識が戻ってくる。サントがベッドから下り、手早くスーツを脱いだ。

「これって――」

「正気の沙汰じゃない」

そう。その表現がぴったりだ。彼がシャツを脱ぐのを見ながら、ジアは唇を噛んだ。

「これが妥協点ということなら……わたしは来週ニーナとランチをして、仕事の詳細を決めるわ。クロエがフルタイムで働けるいいベビーシッターを知っているらしいの。この街では貴重な存在よね。ふたりで彼女に会って――」

サントは片手を上げた。「ぼくは〝妥協〟と言ったんだ。つまり、この問題に関して双方が納得できる解決策を見つけるという意味で、きみがニーナの依頼を受けていいということじゃない。その仕事は無理だ。家でできるちょっとしたことから始めればいいじゃないか。仕事のあいだベビーシッターに来てもらって。両立するにはそれがいちばんだ」

いちばんですって？　快感の甘い余韻はいっきに吹き飛び、ジアはベッドの上で体を起こした。「ニーナ以外に、誰がわたしと仕事をしたがると思うの？　わたしはステファノ・カスティリオーネの娘なのよ」

「姓で人を判断するようなやつらは」サントは能天気に言った。「相手にするだけ時間の無駄というものだ。きみには才能がある。ニーナのような顧客は現れるさ」

「今夜の人々の反応を見たでしょう」ジアは苦々しい口調で言い返した。「サント、わたしはデザイン学校でトップの成績だったの。ほかのトップ層の生徒はすぐに仕事を見つけたのに、わたしは十社受けてやっと職を得られた。それも父が新聞を賑わせる前の話よ」

サントは頑《かたく》なな表情を崩さなかった。「じゃあ、しばらくは家族のことに専念すればいい。夫婦そろって責任ある仕事に就くなんて、どだい無理なんだ。結局は子どもが犠牲になる。レオにそんな思いはさせたくない」

「ニコとクロエはどうなの？」ジアは食ってかかった。「どうやってうまくやっているのかしら？」

　彼の表情が険しさを増した。「彼らとぼくたちは違う。ぼくはああいう結婚生活を望んでいない」

「そう」夫の頑固さに失望し、ジアは皮肉めいた口調で言った。「結局、あなたは自分が思う理想の結婚にわたしを当てはめようとしているわけね。夫婦には信頼関係が大切だと言いながら、こんなだまし討ちみたいなことをして、わたしの知る誰よりたちが悪いわ」

　彼の暗い瞳が氷のような冷たさを帯びた。「ぼくは息子のためにできるだけのことをしている。夫婦のあいだに信頼関係が築けないとしたら、その原因はきみにある。最初に過ちを犯したのはきみだ」

　ジアは頬を打たれたかのように顔をのけぞらせた。彼が許してくれたと思ったのは間違いだったようだ。でも、だからといって努力して勝ちとったすべてを奪われていいはずがない。フランコのときのように不幸な結婚生活の中で日々心が死んでいくような思いはもうしたくなかった。

　決意をあらたに、ジアはベッドから下りた。「あなたの妥協案には興味がないわ。あなたが本気でわたしと円満にやっていくと決めたら、求めるだけでなく与える覚悟もできたら、そのときもう一度話をしましょう」

サントがもどかしげに顔を歪《ゆが》める。「ジア――」

夫を無視し、ジアはドレッシングルームに入ると、ネグリジェだけつかみ、予備の部屋へ向かった。ついさっきまで何もかもが輝き、希望に満ちて見えていたのに、いまや残っているのは粉々になった心だけだった。

8

サントは〈スーパーソニック社〉のセントラルパークウエスト・オフィスで行われた会議に出席し、エレベイトの製造過程で生じた不具合が、靴のデザインを損なうことなく解決できるのを確認した。生産スケジュールにも影響はなさそうだ。

これでひと安心だ。あと数週間のうちに商品は各地のショップに並び、会社が計画している大規模キャンペーンにのって世界同時発売されることになっている。おそらく爆発的な人気を博し、ランニングシューズの最高傑作として巷《ちまた》の話題をさらうだろう。

だが、残念ながら結婚生活のほうは同じようように順調とは言えなかった。夫婦の溝は埋まる気配すらない。サントは秘書のイーニッドからいくつかメッセージを受けとると、そのまま自分のオフィスに戻った。一日の終わりの楽しみだった家族の団欒《だんらん》はもはやなく、代わりに、妻に必要が生じたときだけ短い会話が交わされるようになった。もちろん長く熱い夜も夢と消え、レオが食事のあとに食べるチェリー味のアイスキャンディ並みに冷たいベッドがあるのみだ。彼女に不満があるのはわかっている。それはサントも同じだ。だがいまは完全な膠着《こうちゃく》状態で、打開策が見つからずにいた。

経験から言って、夫婦そろって重圧のかかる仕事をしている家族はたいていうまくいっていない。ニコとクロエは何とかやっているようだが、それも〝何とかやっている〟レベルだ。ニコ自身が綱渡りだと認めている。クロエは、もっとジャックと過ごす時間がほしいから、少し仕事を減らすつもりだと言っていた。サントの考えが正しいと証明されたようなものだ。だからジアに最善と思う方法を提案した。ところが彼女は一顧だにしなかった。しかも勝手にニーナと話を進めている。

ラゼロがぶらりとオフィスに入ってきた。兄がまた自分たち夫婦の関係について口を挟んでくるのではないかとサントは内心身構えた。だが、ラゼロも弟の不機嫌を感じとったようで、デスクの端に腰をのせ、余計なことは言わずに仕事の話を始めた。

「カルロスから電話があった。向こうの商談が大詰めらしい。応援を頼まれた」

サントは額をさすった。いまは十億ドル規模のエレベイト発売キャンペーンの準備だけで手いっぱいだ。水曜日には、キャンペーンの主役となる世界最高のサッカー選手とランチをとる予定だし、土曜日にはジェルヴァージオ・デルガードとの夕食会が控えている。何カ月も進まなかったメキシコの商談がいまになって動くとは、なんとも時機が悪い。だが、メキシコ支社を任せているカルロス・サンティーノが頼んでくるからには、実際に応援が必要なのだろう。

「いつ?」

「今週だそうだ」兄はサントに向かって軽く手を振った。「ぼくが行ってくる。おまえよりもぼくのほうが数字に強いからな。ただし、ジェルヴァージオ・デルガードとの話し合いにはひとりで臨んでもらわないとならなくなる。たぶんそれまでには戻れないから」

「わかった」デルガードとは何度も会っているし、相性は悪くない。契約締結は難しくないはずだ。

「キアラに殺されそうだが」ラゼロは冗談めかして言った。「デルガード夫妻に会いたがっていたからね」

「契約が成立すれば、いくらでも会う機会はあるさ」だが、自分の妻のほうは問題だ。彼女にアリシア・デルガードの相手をしてもらわなくてはならないわけだが、いまの調子では会食に同席するかどうかも怪しい。「いつ出発する？」

「明朝には発《た》つ。早めに現地に入って、頭と体を慣らしておきたい」

「わかった」サントは立ちあがり、書類を鞄《かばん》に放り込んだ。帰って冷たいビールを飲み、息子とじゃれ合い、妻と和解したい。その順番でうまくいくといいのだが。

ジアは片手に食料品、もう片方の手にお気に入りのベーカリーの袋を持って、ペントハウスのドアを肩で押し開けた。アンナが息子を風呂に入れているころかと思ったが、家の中からレオの笑い声と深いバリトンが響いてきた。

どきりとする。サントが家に帰っているようだ。今夜も彼は遅くなると思い、クロエに紹介されたベビーシッターを呼んで数時間ほどこまごまとした用事をすませてきたのだ。リビングルームに入ってみると、夫が床に寝転がり、息子を軽々と持ちあげていた。レオは空飛ぶスーパーヒーローになったつもりで腕を振っている。

「ママ！」息子が叫んだ。「みて！　ぼく、とんでるよ！」

「ええ」ジアは応じた。「ほんとね」

サントは息子を胸の上に下ろした。シャツの下の硬い筋肉が見てとれ、ジアの体の奥が熱くなる。憎らしいと思っても、やはり彼はゴージャスだ。「ひょっとするとママは」サントが彼女を見つめて言った。「こっちに来て、交代したいのかもしれないぞ。ママも空を飛びたいんじゃないかな」

ジアは冷ややかな視線で応じた。そんな手で懐柔されるつもりはない。

レオが戸惑った顔でふたりを交互に見ている。「どうやら」サントは告白した。「ママはぼくに怒っているらしい。どうしたらいいと思う？」

「おはな！」レオは自信たっぷりに答えた。「ピンクのおはなだよ」

ジアは思わず微笑《ほほえ》んだ。レオがデリラの庭園で勝手に摘んだピンクの雀躍《じゃくやく》を腕いっぱい抱え、にこにこしながら現れたときの姿が目に浮かんだ。ジアは震えあがったが、デリラはありがたいことに面白がってくれた。

けれども、花束くらいでサントに対する怒りがやわらぐわけがなかった。

彼は体を起こした。「いい考えだ、レオ。心に留《とど》めておくよ。ところで知っているかい？　スーパーヒーローにも睡眠は大事なんだ。寝ないとパワーが出ないからね」

レオが目を丸くしてジアに駆け寄り、しがみつく。しかし、サントが彼を抱えあげ、二階へ運んでいった。ふたりはスーパーマンを無力化するという物質、クリプトナイトについて議論していたが、やがて寝室へ消えた。

ジアは食料品をキッチンに運び、それらをしまってからキャンティのボトルを開けた。そして、サウサンプトンの家の内装に微調整を加えようと、図面とワイングラスを手にリビングルームのソファに身を沈めた。

しばらくしてサントが戻ってきた。ジーンズとTシャツに着替えている。ジアは顔も上げずに言った。「おなかがすいているなら、総菜をいくつか買ってきたわよ」

「昼食が遅かったんだ。でも、きみと一緒にワインを一杯飲もうかな」

「わたしにかまわないで」彼女は図面から目を離さなかった。「仕事があるんでしょう」

「それよりきみと話がしたい」

ようやくジアは顔を上げた。「何のために？　あなたはわたしを見ようとしていない。自分が見たいものしか見ないのよ」

サントは自分にもワインを注《つ》ぐと、妻の隣に座り、長い脚を投げ出した。「だったら教えてくれ。どうしていま、この仕事じゃなければいけないのか。ニーナとの仕事が大きなチャンスだというのはわかる。だが、機会はこれからだってあるだろう」

ジアは頑《かたく》なな表情で顎を上げた。「またとないチャンスだからよ。それに、わたしにはできるから。優秀なチームを用意してくれるというし、うまくやりくりすれば何の問題もないはずよ」

「工事責任者から夜の十時に緊急の電話が入ったらどうする？」

「何とかするわ。あなただってそうじゃない？」ジアは彼に向かって片方の眉を上げた。「まわりの優秀なスタッフに、ときには仕事を任せるでしょう？」

「ああ、だが、ぼくは一日十六時間働いている。ふたりともそうするわけにはいかない」

サントはグラスの縁から彼女を見やった。「家の改装で物足りないなら、うちのデザイン部門を手伝うのはどうだ？　キャンペーンを控えていて人手が足りない。きみが来てくれたら助かるよ」

彼女はさらに顎を上向けた。「あなたのところでは働けないわ」

サントは両手を広げた。「ぼくは努力しているんだ、ジア。きみが起業できるよう資金援助してもいい。少しは考えてみてくれ」

ジアは瞼《まぶた》を伏せた。「あなたにはわたしの

気持ちはわからないわ。これまでの経緯を知らないから」

「どんな経緯なんだ?」サントはいらだちをのみ込んできいた。

「母は学歴もなく、手に職もなかった。無力だったの。だから、わたしには自分と同じようになってほしくないと思っていた。それで父にかけあって、結婚前に大学へ行かせてくれたの。何かあったときに頼れるものを自分自身で持っていたほうがいいと言って」

「何かあったとき?」

彼女はしばらく無言だった。内心葛藤しているようだったが、やがて口を開いた。「父は二度、刑務所に入っているの。一度目は二十代の初め。二度目はわたしが七歳のときよ。違法賭博でつかまったの。父が刑期を務めているあいだは組織が面倒を見てくれたけれど、生活は厳しかったわ。母は苦労したの」

なんてことだ《クリスト》。サントも初めて聞く話だった。「きみとトマソはそのころの事情をわかっていたのか?」

ジアは唇を歪《ゆが》めた。「父はメキシコで仕事をしていると母から聞かされていたけれど、何かおかしいとわかっていた気がする。母はいつもストレスを抱えてぴりぴりしていた。上手に隠してはいたけど。母は強い女性だから」

「きみと同じだね」サントは静かに言った。

「きみはお母さんとよく似ている」

ジアの口元が緩み、グリーンの瞳に彼には読みとれない感情がよぎった。「だから、わたしにとってキャリアは大切なの。フランコと結婚したときも、それがわたしのアイデンティティなのだと自分に言い聞かせていたわ。最初はよかったのよ」彼女は認めた。「彼もわたしがホテルの仕事を手伝うことを喜んでいた。でもレオが生まれたあとで、自分たちの子どもを作ろうとしたときから……すべてがおかしくなっていったの」

サントは胸が苦しくなった。そのあたりの話は聞きたくない。ジアがほかの男に抱かれたと思うといたたまれなかった。だが、過去の亡霊を鎮めるには真実を知るしかない。

「わたしは妊娠できなかった。いくら努力してもだめだった。フランコは」ジアはサントを見つめて続けた。「あなたに嫉妬していたのよ。罰としてわたしから仕事を取りあげたわ。家庭に集中しろと言いながら自分は愛人を作った。そのうち結婚生活は崩壊したわ」

サントは頭が真っ白になった。彼女がそんな生活を送っていたとは思わなかった。

「それでもきみは留まった」サントはつぶやいた。「そうせざるを得なかったから」

ジアはうなずいた。「別れることも考えたのよ。デリラは以前から協力すると言ってくれていたし。でも父のことを思うと踏み切れなかった」

みじめで暗い、恐怖と隣り合わせの日々が思い出され、ジアは身を震わせた。

「だから留まって、完璧な妻を演じたわ。晩《ばん》餐会《さんかい》を催し、夫の仕事には口を出さず――期待されることはすべてこなした」

「ところが、ロンバルディがカジノの前で銃撃されて」サントは先を促した。「きみは出ていくチャンスを得たんだね?」

ジアはうなずいた。「デリラに電話をかけて、デ・ルカの名前でレオとわたしのパスポートを用意してもらい、フランコの葬儀が終わった夜に国を出たの」

レオをしっかりと抱きかかえ、風に顔をなぶられながらデリラの車を待っていたことを思い出す。予定どおり迎えが来なかったらどうしようと気が気ではなかったが、車は現れ、深夜に彼女を飛行場へと運んだ。

「自分でも信じられなかったわ。デリラのところに着いたときには全身が凍りついていた。追手が来るのではないかと心配だったけれど、デリラは大丈夫だと請け合ってくれた。そして何とか生活が落ち着いたころ、デリラが仕事を紹介してくれたの」当時を振り返ると、また鼓動が速くなった。「働きはじめてようやく、ここでなら新しい人生を始めることができるかもしれないと思えるようになった。わたしはもうカスティリオーネじゃなく、ジア・デ・ルカだった。まっさらな状態で、なりたい自分になれたの」

「そしてぼくがそれを――きみが築きあげたアイデンティティを奪った、と」サントは静かに言った。

ジアはうなずいた。

サントは首のうしろを手でさすった。「ぼくは怒っていた。だから失ったものを取り戻すために、自分がすべきだと思うことをした」彼は重いため息をついて続けた。「たしかにぼくは、理想とする家族のイメージを持っている。だが、それには理由があるんだ」

ジアは彼の頑なな表情を見て言った。「自分にはなかったからね」

「そうだ」彼はワインをひと口飲んだ。「母はいい母親ではなかった。パーティに出たり、父の金を使ったりすることに熱心で、ぼくらの世話はベビーシッターに任せきりだった。それでも、いちおう母親らしいことはしてくれた。服を着せ、食事をさせ、ルールを守らせた。父が酒に溺れ出したときには、ぼくたちを守ろうとしてくれた」

サントは頭をソファの背にもたせかけた。「母が出ていったのは元旦だった。一週間後、銀行が家を差し押さえに来た。その一週間、ぼくは呆然《ぼうぜん》として、ひたすら母は帰ってくると自分に言い聞かせていたよ。いつもは出ていっても最後には帰ってきたから」

けれど、そのときだけは帰ってこなかったのね。ジアの胸がよじれた。「ご兄弟がいたのは幸いだったわね」

サントはうなずいた。「でも、みんなそれぞれ自分のことでせいいっぱいだった。毎日がらんとした陰鬱なアパートメントに帰り、酔いつぶれた父を見るのはつらかったよ。そのうち母が家を出たらしいという噂《うわさ》が近所に広まると、ママ・エスポージトが——親友のピエトロの母親のカルメラが、学校のあと家に来るよう声をかけてくれた」彼は思い出して口元をほころばせた。「カルチャーショックだったよ。家中に笑い声が響いていた。前庭にはバスケットボールのゴールがあって、近所の子どもたちが遊んでいた。なじめずにいるぼくに、ママ・エスポージトは何も言わずにクッキーの皿を渡してくれた。しばらくして、ぼくも少しずつ話をするようになった」彼はグラスの中のルビー色の液体に視線を落とした。「ぼくは彼女に救われたと思っている。彼女がいなかったらどうなっていたかわからない」

孤独で無力だった子ども時代のサントを思うと、ジアの胸は痛んだ。氷をまとった心が溶けていくようだ。彼女の知っているサントはいつも強かった。妥協を許さず自分の夢を追い求める人だった。彼からどれだけのことを学んだか。

ジアは彼の手を握った。「カルメラがいてくれてよかった。すばらしい人だったのね」

「ああ」彼はグラスを回した。「ぼくは罪悪感のかたまりだった。ぼくたち兄弟が手に負えなかったから母は出ていったんだと思い込んでいた。でもカルメラが言ってくれたんだ――彼女は母親に向かない女性だったというだけで、あなたたちを愛していなかったわけじゃない、と。なんとなく納得できたんだ」

だから、サントは妻に完璧な母親であることを求めているのだ。彼が思い描く家族、妻、母親――その原点にカルメラがいる。

「わたしはカルメラにはなれないわ、サント」ジアは静かに言った。「自分の母親がどれだけ不幸だったか見てきたの。そして、それが娘のわたしにどう影響したかもわかっている。わたしには仕事が、自分の足で立つことが必要なの」

「それはわかる」サントはつぶやいた。

ダークブラウンの瞳に葛藤が見てとれた。家族への思いは彼の中で大きな意味を持つ。そしていまこの瞬間、それはふたりを結びつけるか、引き裂くかを決める力を持っている。

「きみはすばらしい母親だ」サントは彼女の手を握り返し、かすれた声で言った。「レオを見ているとわかるよ。あの子は自信にあふれ、しっかりと自分の居場所を持っている。きみが愛情豊かに育てたからだ。だがニーナの仕事を始めたら、そういう時間が奪われてしまう。レオが、そして家族全員がつらい思いをすることになるんだ」

ジアは下唇を噛《か》んだ。たしかに大仕事であることは否定できない。ニーナはデリラと同じく完璧主義者だ。しかもナッソーにいるときのように、レオが寝たあとラップトップを開いて深夜まで仕事をするというわけにはいかないだろう。

難しい決断だった。フランコと結婚していたときのような、かごの鳥の生活は二度としたくない。かといって、サントとの関係も断ち切りたくはなかった。彼はレオの父親なのだから。

「できるわ、サント」迷った末、ジアはきっぱりと言った。「約束する。レオがしっかりした子なのは、わたし自身がしっかりと自分の足で立つことを学んだからよ。子どもに夢を追えと言うなら、まずは親が夢を追わなくては手本になれないでしょう？」

彼の顔にいくつかの感情が現れては消えた。彼は譲歩を迫られ、自分が築いた世界が思いどおりに動かないことにいらだちながらも、何とか理性的になろうとしていた。「いいだろう」やがてサントは言った。「きみにとって大事なことなのはわかった。どうしてもと言うなら、やってみるといい」彼はワイングラスをテーブルに置き、ジアに手を伸ばした。

「それはそれとして」彼女の腰に手を当て、自分のほうへ引き寄せて腿の上に座らせる。「そろそろキスくらいしてくれてもいいと思うが。このところずいぶんと冷たい態度だったじゃないか」

「キスをしたって気持ちは変わらないわよ」

そう言いながらも、ジアはすでに全身の細胞が目覚めるのを感じていた。彼の指が首に添えられる。「わたしはこの仕事がしたいの」

「わかっているさ。ただ、いまはたまらなくきみがほしいだけだ」

それはジアも同じだった。彼なしでは何もかもが空《むな》しかった。空虚さを埋める術《すべ》すらわからない。

唇を重ねると、そんなささくれ立った心が癒され、満たされていくのがわかった。

彼の手がブラウスのボタンにかかった。スカートもはぎとられ、いつしかジアはただ彼の愛撫《あいぶ》に身を任せていた。

夕陽《ゆうひ》がふたりの体に斜めに差す中、彼とともにリズムを刻みながら、ジアは後戻りできない場所に近づいているのを感じていた。わたしはふたたび彼にすべてを、心を差し出そうとしている——。その瞬間、体の奥で歓《よろこ》びが炸裂《さくれつ》し、ジアは全身を燃えさかる炎のように波打たせながら、彼とともに頂点へとのぼりつめた。

9

スペインの実業家、ジェルヴァージオ・デルガードとの会食は、パークアベニューにある最高級フランス料理店〈チャールズ〉で行われた。有名シェフ、チャールズ・フォルテイエによる洗練されたヨーロッパ料理と世界有数のワインセラー、丁寧なサービスで知られる名店だ。

それだけでなく、この街でいちばん美しいレストランだとジアは思った。高い組み天井から優雅な新古典主義調の家具まで、すべてをベルナルド社製の特注シャンデリアが照らし、白一色の壁は無地のキャンバスとなって色鮮やかな絵画の数々を引き立てている。壁を飾る生気あふれる力強い作品はいずれも、チャールズが贔屓《ひいき》にしている有名なスペイン画家の手によるものだ。あとでわかったのだが、ジェルヴァージオの好みでもあったらしい。

サントは濃紺のスーツに淡いブルーのシャツ、濃いブルーのネクタイといういでたちで、ジアがかつて見たことがないほど精神集中していた。当然だろう。エレベイトがデルガードの経営する人気ファッション・チェーンのウインドーを飾るとなれば、ひと晩で人気沸騰となること間違いなしなのだから。

ジェルヴァージオは六十を越えていたが、いまだに強烈なカリスマ性を持つ男性だった。ニコと同じく家族を支えるため、十五歳で仕立て屋の見習いとして働きはじめたという。だから〈スーパーソニック社〉の成功譚《たん》に共感するところがあるのかもしれない。もちろん、それ以上に会社が提携している大物アスリートに関心があるのだろうが。彼らが自社ブランドのイメージアップに貢献してくれることを期待しているに違いない。

とはいえジェルヴァージオは、エレベイトのコンセプトそのものに興味を持ったようだ。

そこで今夜のサントは、〈スーパーソニック社〉との提携はいわゆる戦略的選択肢であると彼を説得することに専念した。

理路整然としていながら心に訴えるサントの話術に、ジアは驚きを隠せなかった。ビジネスの場にいる彼を目の当たりにしたのは初めてだ。そのカリスマ性と熱意は伝染性を持ち、気難しいことで有名なジェルヴァージオの心をも動かしたようだった。

こういう彼を——周囲の世界をなんなく支配する彼を見ていると、ジアはふと無力感に駆られた。わたしもまた彼に魅了されたひとり。きっとこの先も彼しか見えないのだろう。

最初に出された、きりりとして深い味わい

のワイン、プイィ・フュイッセの瓶が空くころには会話もはずみ、サントはジェルヴァージオと、ジアは彼の美しい妻アリシアと話に花を咲かせていた。ヨーロッパ女性らしい優雅さと古典的な美貌の持ち主のアリシアは、インテリアの世界にも造詣が深かった。ファッショントレンドに密接に関係しているからだろうが、特にいまはマルベーリャの自宅を改装中ということで、話題は尽きなかった。

女性ふたりが今年の流行色について話をしていると、ふと入り口付近がざわめき、ジェルヴァージオの注意を引いた。彼が目をしばたたいた。「いま入ってきたのはステファノ・カスティリオーネじゃないか？」

ジアは身をこわばらせた。入り口には背を向けていたが、サントの愕然《がくぜん》とした顔がすべてを物語っていた。

〝なぜよりによって今夜、ここに？〟

ジアは振り返り、サントの視線の先を追った。長身の父の白いものが混じった頭が目に入った。優雅なブロンド美女を従え、厨房《ちゅうぼう》から挨拶に出てきたチャールズと話している。

ジアは思わず椅子の背を握り締めた。サントがジェルヴァージオの問いに小声で答える声が聞こえる。父は悠然と、例によって周囲の人々に畏怖の念と恐怖心をかき立てながら、満席のレストランを奥へと進んできた。ジアの背筋を冷たいものが這《は》いのぼる。

あの人はわたしの父親だ。愛していると同時に憎んでいる。そして恐れている。かつてはそんな葛藤が生活すべてを支配していた気がする。

ほかの女生徒が父親のだらしなさや口うるささに愚痴をこぼしているときに、ジアは前夜、父親は誰を殺したのだろうと考えるしかなかった。

ブロンド女性が何か言い、父が声をあげて笑った。その豊かでよく響く声を聞いて、ジアは息を詰めた。視線を感じたかのように、父がちらりとこちらを見た。そして娘を認め、わずかに目を見開いた。チャールズに席へと案内されたが、ふと向きを変え、美しい同伴者とともにジアのほうへ近づいてきた。

「ジョバンナ」父はテーブルのすぐ前で足を止め、淡々とした口調で言った。その目には怒りと、ジアにはわからない何かが入り混じった表情が浮かんでいた。「今夜おまえと会うとは思わなかった。ついこのあいだ母親から、おまえがニューヨークに戻ったという話は聞いていたが」

ジアは深く息を吸い、立ちあがって父親に挨拶をした。サントも彼女にならった。「少し前にニューヨークに戻ったばかりだから」ジアは背後に回した手で椅子の背をしっかりと握り締めながら、小声で答えた。「いろいろとすることが多くて」

「そうらしいな」ステファノは意味ありげに言うと、今度はサントのほうを向いて、手を差し出した。「サント、きみに会いたいと思っていた。仕事の話がある」

サントは彼の手を握った。「すみません《ミディスピアーチェ》」声を落として応える。「ぼくも目が回るほどの忙しさで。あいにく、われわれはデリラ・ロスチャイルドと二年間の独占契約を結びました。当面ホテルに関しては、あちらの系列ホテルにのみ出店することになります」

ステファノ・カスティリオーネの目がきらりと光った。「そういうことか」首を傾《かし》げてつぶやく。「まあいい。気が変わったら連絡をくれ」それからブロンド美女を前に押し出した。三十歳くらいだろうか。ジアとほとんど変わらない年齢に見える。ステファノの好みは変わっていない。「ジュリアンヌ、こちらは娘のジョバンナ・カスティリオーネだ」

「ディ・フィオーレです」サントが訂正した。

父の表情が一気に氷のように冷ややかになった。「失礼《スクーズィ》。そうだった。昔の癖でね。ジュリアンヌはアッパーイーストで画廊を経営している。わたしは彼女のところでいくつか作品を買おうかと思っているんだ」

見え透いた作り話。ジアは頬が熱くなるのを感じながら、サントが父をデルガード夫妻に紹介するのを聞いていた。父のほうは実業家に興味津々だったが、ジェルヴァージオはよそよそしい態度を崩さなかった。

　やがて沈黙が降りた。ジアは緊張のあまり胃が引きつり、吐き気すら感じた。やがて父がジアを見つめて言った。「ジュリアンヌは化粧室に行きたいそうだ。どうだ、久しぶりにふたりで少し話さないか」

　サントが断ろうとするのを感じて、ジアは彼の腕に手を置いた。ひるんではだめ。いずれは父と話し合わなくてはいけないのだ。この場面を何度も頭の中で思い描いてきた。

　わたしは生まれ変わって、強い人間になった。逃げてはいけない。これはわたしの闘いだ。サントに矢面に立ってもらってはだめ。自ら立ち向かわなくては。

「そうしましょう」ジアはちらりとテーブルに目をやった。「すみません、ちょっと失礼します」

　サントはためらったが、やがてうなずくと、彼女の耳元に顔を寄せた。「五分だぞ」

　ふたりはレストラン裏手の中庭に出た。端のほうで煙草《たばこ》を吸っている客以外に人けがない。噴水が街灯の明かりに向かって、きらめく金色のしぶきを上げていた。美しい夜だった。空気はかぐわしく、あたたかいそよ風が肌をなぞっていく。だが、いまジアの意識はすべて父に向けられていた。父はそのたくましい長身の体を石柱に預けて立っている。

　父の怒りの発露には二種類あった。ひとつ

は猛烈な嵐のように突然湧き起こってすべてをなぎ倒し、ふっと収まるパターン。だが、いまはもうひとつの、静かでゆるやかな怒りが父の目の中でじわじわとふくれあがっていくのが見て取れた。「どこから始めていいかすらわからないな。おまえがひと言もなく姿を消したことか、サント・ディ・フィオーレと突然結婚したことか」

ジアは乾いた唇をなめた。父はジアが戻ったことより、サントにオファーを断られたことのほうが気にかかっているようだ。父らしい。ジアは肩をそびやかし、父の目を見返した。「自立のために時間が必要だったの。わたしが姿を消した理由はわかっているでしょう。フランコのことがあって怖くなったの。レオに危険が迫ったらと思うと不安でたまらなかった。手紙で説明したとおりよ」

「手紙だと？」父の怒声が炸裂《さくれつ》した。「置き手紙一枚で家族と縁が切れると思っているのか？　置き手紙があれば母親は悲しまずにすむとでも？　まったく、おまえは自分のことしか考えられないのか？」

二年間の怒りと悲しみに火がつき、ジアは背筋を伸ばして正面から父を見据えた。「わたしは自分以外の人のことを考えて、愛してもいない人と結婚したわ。夢もあきらめ、義務を果たした。でも、夫が殺されたのよ。カジノの真ん前で撃たれた。レオに流れ弾が当たっていたらどうなったと思う？　いいえ、レオが狙われるようなことがあったら？」

父は娘に向けて手を振った。「そんなことはあり得ない。おまえたちは守られていた」

「フランコも同じでしょう？　当時はビランキ一家と闘争状態にあったわ。いつ終わるともわからない戦いだった」

「だが、終わった」父は唇を引き結んだ。

「何も知らないくせに、わかったようなことを言うんじゃない」

「終わるまでにどれだけの命が犠牲になったのかしら？」ジアは自分の体に腕を回した。

「わたしは何度でも同じことをするわ。レオをああいう世界で育てたくなかった。フランコの跡を継がせたくなかった。トマソがどうなったか、見てきたから」

父は値踏みするような目でしばらくジアを見た。「おまえはいままでどこにいた？　ニューヨークに戻る前のことだ」

ジアは身をこわばらせた。「お父さんには関係ないでしょう」万が一、デリラや母親に父の怒りが向けられるようなことがあってはならない。

「サントと一緒だったはずはない」父は言った。「あいつが次から次へと恋人を作っていたのは有名な話だ。つまり、手助けをする人間がほかにいたということだ」

ジアはきつく口を閉じていた。

「レオは？」父が問いつめる。「レオはどこにいる？　ロンバルディ一族は孫が戻ったとなれば大いに関心を持つだろう。彼らはわたしの大事なパートナーだ」

ジアの胃はますます激しく暴れ出した。いまにも中身が飛び出しそうだ。真実を封じ込めてはおけない。そうわかっていても、言葉にするのは簡単ではなかった。

「レオはフランコの子じゃないの」ついに、ジアは告白した。「サントの子よ」

刻々と時間が過ぎる中、サントはテーブルについたままジェルヴァージオの話に意識を集中しようとした。だが、うまくいかなかった。どうしても妻が向かった中庭のほうに目が行ってしまう。あそこで何が起きているのだろうと案じずにはいられない。ステファノは顔には出さなかったものの激怒していた。ジアとふたりきりにはしたくなかったのだが。

レストラン内のざわめきも収まらなかった。巷《ちまた》を騒がせている犯罪者が同じ建物内にいるのだ。ステファノは来週、議会で証言する予定になっている。チャールズ・フォルティエのレストランに登場したのは、相変わらずのきらびやかなイメージを世間に印象づけようという戦略の一環なのだろうが、店内には衝撃が走っていた。

ジェルヴァージオが何か言ったが、サント

の頭には入ってこなかった。サントはワイングラスを置いた。「すみません。ぼんやりしてしまって。少し失礼してよろしいでしょうか。妻の様子を見てきます」

「もちろん《ポルスプエスト》」ジェルヴァージオはうなずいた。「ご一緒しましょうか」

サントはテーブルにナプキンを置くと、立ちあがった。「とんでもない。どうぞ《アデランテ》、お食事を楽しんでください」

サントはジアが通った通路をたどって中庭へ出た。屋根付きのポーチの下で低い声で話しているふたりが見えた。ステファノ・カスティリオーネの威圧的な声が聞こえてくる。近づくと、会話が耳に入ってきた。ちょうど妻がレオの出生について、父親に打ち明けたところだった。

なんてことだ《マレディツィオーネ》。ぼくが話すまで待てなかったのか？

ステファノの貴族的な頬骨が赤く染まるのがわかった。「道義については教え込んだはずだが、役に立たなかったようだな。夫ばかりかわたしのこともこけにするとは。卑しい娼婦《しょうふ》みたいな真似《まね》をして」

下品な非難にサントはかっとなったが、ジアのほうはひるむことなく、逆に胸を張った。

「お父さんこそどうなの？　愛人と公共の場に現れては母に恥をかかせて、母を奴隷みたいに扱ってきたじゃない」

「それとこれとは別だ」ステファノは娘の反論をあっさり退けた。「おまえのしたことは許しがたいぞ、ジョバンナ」

「もうたくさんだ」サントは静かに、だがきっぱり言うと、近づいてジアに腕を回した。彼女は木の葉のように震えていた。

ステファノが殺気だった視線を向けてきた。「いま娘と個人的な話をしているところだ」

「もう終わりです」サントは彼の目を冷ややかに見返した。「あなたも真実を知ったのだから、今後どうすべきかはわかるでしょう」

ステファノが片方の眉を上げた。「何をどうすべきだと言うんだ」

「あなたたち父娘《おやこ》の関係についてです。ジアは家を出ることを選んだ。もうカスティリオーネではありません。彼女の意思を尊重していただきたい」

「できないと言ったら？」

「公の場で闘います。あなたにとっては好ましくない展開だと思いますが」

ジアは青ざめた。父がイメージを大切にしていることは知っている。よくない評判が立てば闇の事業に不要な光が当てられることになるからだ。ましていまは、そうでなくても世間の注目が集まっている。

ステファノは値踏みするような目でじっとサントを見やった。「昔、きみは娘にふさわしくないと言ったのを根に持っているというわけか。つまり、これは復讐《ふくしゅう》なんだな」

「関係ありません」サントは答えた。「あなたは彼女を苦しめてきた。もう終わりにしてもらいたい」

空気が脈打つ音が聞こえそうなほど緊迫した時間が過ぎた。やがてステファノがその広い肩を優雅にすくめた。「勝手にするといい」そして氷のような目でジアを睨《にら》んだ。「こいつはもうわたしの娘ではない」

そう言うと背を向け、大股で店内に戻った。あとに石のような静寂を残して。サントは妻の打ちのめされた白い顔を見守った。震えて、いまにもくずおれそうだ。当然だろう。たったいま父親に勘当されたのだ。しかも高額な取り引きをひとつあきらめるかのように、あっさりと。彼女の気持ちはわかる。母の別れ際の言葉はいまも、サントの耳に残っている。〝もう無理よ。男の子三人の面倒を見ているうえに、会社が破綻するなんて。わたしには手に負えないわ〟まるで息子たちが耐えがたい重荷だったかのような、厄介事だったかのような言葉だった。

サントはエメラルド色の瞳を見つめ、妻の頬を撫《な》でた。「大丈夫か？」

「こうなると予想していなかったわけじゃないわ。父にはメンツが何より大事なの。わたしはそれを潰したんだもの」

「だからって、きみにあんなことを言う権利はない」サントは静かに言った。

ジアは戸惑ったように目をしばたたき、額をこすった。「あなたも、あんなふうに父を怒らせたのは賢明とは言えないわ」

「きみとレオはもうカスティリオーネ一家の人間ではないと、彼にはっきりわからせる必要があったんだ」サントは真剣な顔で言った。

「彼もわかっただろう」

ジアは大きく息を吸った。「中に戻りましょう。デルガード夫妻が心配しているわ」

サントは迷った。きみは、父親が同じ店内にいると知りながら食事を続けることができるのか――そんな問いが喉から出かかった。

夫のためらいに気づき、ジアは震える手で髪を撫でつけながら言った。「わたしなら大丈夫よ。父に今日の会食を台なしにされるわけにはいかないわ」

彼女はとても大丈夫には見えなかった。とはいえ、デルガード夫妻との会食を中断するわけにもいかない。

サントは彼女の腰に当てた手に力をこめた。

「本当に大丈夫か？」

「ええ」

ジアの目には強い決意が浮かんでいた。サントは彼女の指に指を絡め、店内に戻った。

テーブルに向かうふたりにいくつもの視線が突き刺さる。ステファノとブロンド女性は窓際のテーブルに座っていた。ジアはふたりを見たが、毅然《きぜん》として視線をそらした。

ジェルヴァージオは戻ってくるふたりを無言で見守っていた。「大丈夫ですか？《エスタ・トド・ビエン》」

サントはうなずいた。「大変申し訳ない《ミル・ディスクルパス》。食事を楽しんでいただけたのならいいのですが」

デルガード夫妻は楽しんだと請け合い、サントは雰囲気を変えようと、もう一本ワインを注文した。だが、やはりさっきまでのような打ち解けたムードは戻ってこなかった。ジェルヴァージオはふたたび見えない壁の奥に引っ込んでしまったようだ。

食事を終えて店を出るときがまたひと騒動だった。警備員がなんとか押し留《とど》めていたものの、歩道にあふれんばかりのマスコミが、ステファノとその同伴者の写真を取ろうとカメラを手に待ち構えていたのだ。そのあいだをくぐり抜けるようにして店を離れた。悲惨な晩にふさわしい締めくくりだった。

静かなペントハウスに着いてようやく、ジアは普通に呼吸できるようになった。それでもショックと緊張でまだ心身が麻痺《まひ》している。靴を脱ぎ、窓に近づいてニューヨークの夜景を見おろした。

サントが琥珀《こはく》色の液体が入ったグラスを手にやってきて、隣に並んだ。そしてグラスを彼女の手に押しつけた。「飲むといい。顔が真っ青だ」

ジアは震える指をグラスに巻きつけ、ゆっくりとひと口すすった。アルコールが血管に染み渡り、顔にゆっくりと血の気が戻るのが感じられた。けれども感覚が戻ってくるにつれ、今晩の悪夢が鮮明に思い出された。父が愛人と店に現れ、騒ぎになり、そのせいでサントとジェルヴァージオの会食は失敗に終わった……。

ジアは思わず手で胸のあたりをかきむしった。父に気づいたときのジェルヴァージオの引きつった顔。そのあとの盛りあがりに欠けた会話。店の前に集結したマスコミ関係者を見たときの彼の驚きよう――。

新聞はしばらく父の証言に関する記事で埋め尽くされるだろう。それだけではない、父は命を狙われるかもしれない。なぜなら、父が告発できる人間のリストは、まさに犯罪地下組織の名簿そのものだからだ。リストはおそらく政治経済、はたまたエンターテイメントの世界にまで及ぶ。

誰も枕を高くして眠れなくなるだろう。父が黙秘するのは間違いない。だが、そう考えない人間がいたら？　危険が及ぶ前に父を消してしまおうと思う人間がいないとも限らない。ジアは背筋が冷たくなった。

サントのほうを向くと、彼も同じようなことを考えていたのか、苦い表情だった。「ごめんなさい」ささやくような声で言った。「今夜のこと。何もかも台なしにしてしまったわ。何より恐れていたことが起きてしまった」

サントはかぶりを振った。「きみのせいじゃない。タイミングが悪かっただけだ。明日の朝、ジェルヴァージオに連絡してみるよ」

ジアは窓枠に寄りかかり、こみあげる涙をまばたきで押し戻した。いまさら泣いてもしかたがない。家を出たときから、父に許してもらえないことはわかっていた。覚悟のうえだった。それなのに、どうしてこんなに胸が苦しいのだろう。

「自分でもわからないの」ジアは片手を宙に振った。「どうして父の反応が気になるのか。父が何者で、どういうことができるかをわかっていながら、どうして父の影響力から逃れられないのか……」

「あの人がきみのお父さんだからだよ」サントは静かに言った。「いまでも愛してほしいと思っているからだ」

それは本当だった。昔から父に愛されたいと願ってきた――分別がつくようになり、決して愛されないと気づいたあとも。あの人は愛情に値しないと悟ったあとでさえ。

サントは手の甲で彼女の頬をさすった。

「でも、きみはお父さんとは離れたほうがいい。あの人はサイコパスだ。愛情を期待するのはやめて、もっと自分を大切にしなくては」

　サントの瞳に暗い感情が揺らめいた。彼自身の母親のことを考えているのだろう。彼もまた、つらい教訓から学んだのだ。現実をきちんと受け止めなくてはならないことを頭ではわかってはいても、気持ちは別だった。

　涙が頬を伝った。サントはさらに彼女に近づき、その手からグラスを取って腕に抱き寄せた。「あの男はきみの涙に値しない。昔からそうだった。きみのほうがはるかに価値のある人間だよ」

　いまや涙は滝のように流れ、頬を濡《ぬ》らした。

　サントは彼女を抱えあげ、ソファに座ってキスで涙を拭った。そして彼女が落ち着くと、ベッドに運び、眠るまで抱き締めていた。

　サントのほうは眠れず、Tシャツとジーンズに着替えて階下のオフィスに向かった。

　西海岸にいるラゼロに電話をかけて、今日の会食の結果を知らせなくてはならないのはわかっていた。だが、なんと言ったらいいのだろう？　ステファノ・カスティリオーネが〈チャールズ〉に入ってきて、すべてをぶち壊したと？　サントも、交渉の途中で妻が心配になり中座したと？

　妻とは一線を引いた関係を保つと決めたはずだった。けれどもジアが相手ではそれが不可能だということに、サントは気づきはじめていた。彼女を守りたい、幸せにしたいという思いにどうしても逆らえない。いわば自分のアキレス腱《けん》だ。気をつけないと、身の破滅を招く。

電話は明日の朝でもいいだろう。まずはジェルヴァージオと話をして、今夜の件を丸く収め、ステファノ・カスティリオーネとの関係はあくまでも個人的なものであって、ビジネスとは無関係だと納得してもらおう。

だが、翌朝連絡を取ってみると、ジェルヴァージオはすでにマドリッド行きの飛行機に乗ったあとだった。つまり数時間は話ができないということだ。ラゼロが八時に電話をかけてきた。サントはコーヒーを手に、活気づく街を眺めていたところだった。

「ゆうべステファノ・カスティリオーネが〈チャールズ〉に入ってきたとき、おまえたちもその場にいたと言わないでくれ」

サントはデスクの上に置いてあった朝刊に目をやった。レストランを出るステファノ・カスティリオーネと愛人の写真がでかでかと載っている。その後方にはサントたち一行が映り込んでいた。「情報が速いな」

「インターネットで出回っているよ。知らずにいるほうが無理だ」

「ぼくたちも店にいた」サントは慎重に言った。「ステファノが近づいてきて、ジェルヴァージオに自己紹介したよ」そして妻を打ちのめした。

ラゼロはため息をついた。「ジェルヴァージオの様子はどうだった?」

顔を引きつらせ、殻に閉じこもった。「ステファノのファンというわけではなさそうだったが、少なくとも会食は成功だった。ぼくたちの企画を気に入ったようだし、契約しているアスリートたちには興味津々だった。提携すれば多大な相乗効果があるのは間違いない」

「それで、話はまとまったのか?」

サントはひるんだ。「まだだ」

「どういうことだ、まだとは?」

サントは曖昧な物言いはあきらめた。「最後には少し熱が冷めた感じがあった。ジェルヴァージオは表情に出さないから、何を考えているかいまひとつわからないが」

ラゼロは毒づいた。「想像はつくさ。彼は保守的な人間だ。そして評判を大切にする。おまえの伴侶が犯罪者の娘と知って、どう思っただろうな? いっさいかかわりたくないと思ったんじゃないか」

「彼はそうは言わなかった」サントは反論した。「そもそも最初から慎重だった。これは純粋なビジネスだ。いずれにしてもゆうべのうちに話がまとまることはなかっただろう。彼としても考える時間が必要だ」

受話器の向こうに沈黙が流れた。兄の次の

せりふは予想がついた。

「それ以上は言うな。ぼくが必ず取り引きはまとめる。だから何も言わないでくれ」

ラゼロはしばし無言だったが、また何かあったら連絡をくれとだけ言い、あとはメキシコ側の状況を報告して電話を切った。

サントも電話を置くと窓まで歩き、すでに高くのぼった太陽を見つめた。ジェルヴァージオとの交渉はなんとかなるだろう。あのスペイン人が大物だといっても、こちらも百戦錬磨のビジネスマンだ。なんとかしてみせる。

だが、それには一刻も早く手を打たなくては。ダメージがこれ以上、大きくなる前に。

10

目覚めたとき、ジアはひとりだった。明るい陽射《ひざ》しがさんさんと天窓から降り注いでいる。ニューヨークの美しい初夏の一日がまた始まろうとしていた。だが、そのあたたかさと輝きは、前夜の記憶が蘇《よみがえ》ると同時に暗く不吉な雲で覆われた。父がレストランに入ってきてすべてをぶち壊し、ジアに勘当を言い渡した。涙する彼女を、サントが眠るまで抱いていてくれた――。

父は本気だった。たぶん、母にもジアと会うことを禁じるはずだ。そう思うと、この二年間馴染《なじ》みとなっていた胸の奥深くの痛みが広がった。だが、いまはそれ以上に差し迫った問題がある。父が夫とジェルヴァージオ・デルガードとの関係に、取り返しのつかないダメージを与えたのではないかということだ。

不安を抱えながらTシャツとショーツを身に着け、階下へ下りていった。淹《い》れ立てのコーヒーの香りが鼻をくすぐる。週末はいつも父親と起きてくるレオは、リビングルームでスーパーヒーローごっこに熱中しており、サントのほうは携帯電話で話をしながらテラスを行ったり来たりしていた。そのくしゃくしゃの髪や服からして、ほとんど眠っていないのだろう。

ジアは息子のところへ行ってぎゅっと抱き締め、自分用にコーヒーを注《つ》ぐと朝刊を探しに行った。新聞はサントのデスクの上に無造作に置かれていた。おそるおそるページをめくり、見出しに目を通す。〝カスティリオーネ、証言台へ……だが、何を話すのか?〟〝犯罪王、派手なファンファーレとともに登場〟格式あるワシントンの日刊紙にも記事が載っていた。〝カスティリオーネが議会に。街最大のショーの幕開け〟

なんてこと。どの新聞も、フラッシュを浴びながら〈チャールズ〉を出る父と愛人ジュリアンヌの写真をでかでかと載せている。ジアの胃がずしりと沈んだ。母がまたつらい思いをしていることだろう。

ワシントン紙を手に取り、ざっと記事を読んだ。実際、父は議会で証言をするために戻ってきたらしい。だが、司法長官の〝魔女狩り〟に協力するつもりなのか、自分に不利な証言に関して黙秘権を行使するつもりなのかは、いっさい明らかにしていない。間違いなく後者だろうと、ジアは確信していた。

当然ながら司法長官も同じことを考えているだろう。記事によると、新たにアメリカの司法システムに君臨することとなった人物は、すべてを率直に証言しない人間は残らず起訴する方針らしい。そしてその最初のターゲットとして、ステファノ・カスティリオーネが選ばれたのだというのが記者の考えだった。

つまりいまの父は難しい立場に置かれている。裏社界の掟《おきて》を破るか、刑務所に入る危険を冒すかの選択を迫られているのだ。

「起きていたのか」サントが電話を手にしたまま近づいてきた。ジーンズにＴシャツ姿では素足というくだけた格好だが、いつもと変わらずぬくもりと力強さを発散させている。ジアは彼の胸に飛び込みたくなった。その腕で抱き締めて、大丈夫だと言ってほしい――。だが、彼の顔つきを見て思いとどまった。頭のてっぺんへのキスはがっかりするほど短かった。「そんなものは読むな。憶測でしかない」

ジアは彼のデスクに寄りかかった。「父は命を狙われるわ」

「本人も承知しているはずだ」サントは落ち着いて答えた。「きみが心配することじゃない、ジア。きみは、いまはディ・フィオーレなんだ。カスティリオーネじゃない。お父さんの闘いとはもう無関係なんだよ」

「父の心配をしているわけじゃないの」ジアは小声で言った。「母が心配で」

「お母さんは家族に囲まれている。大丈夫だ」

それはわかっていた。それでもジアは、自分の目で確かめたかった。

サントは彼女の思いを読みとったようだ。「きみはラスベガスに近づいてはいけないよ。約束したはずだ。お母さんもそれがいちばんだと納得した。危険が大きすぎる」

ロンバルディ家のことがあるからだ。ジアは無力感を噛《か》み締め、自分の体に腕を巻きつけた。「ジェルヴァージオとは話せたの?」

「いや」彼は苦い顔で答えた。「彼はいま、マドリッド行きの飛行機の中だ。あとで連絡を取ってみるよ」

ジアはうなずいた。心配しすぎだったのではないかという希望は跡形もなく消えた。サントの顔を見れば、彼がいま神経を集中させているのがわかる。なんとか挽回《ばんかい》しなくてはならない。だが、メディアの狂騒ぶりを考えると、状況は芳しくなかった。

「ごめんなさい」ほかに何と言っていいかわからず、ジアは繰り返した。

「きみのせいじゃない」サントは手を振って、謝罪の言葉を退けた。「レオを散歩にでも連れていくといい。日々の生活と、いまいる家族のことだけを考えるんだ。お父さんとあの世界は、きみにとってはすでに過去だということを忘れるな」

ジアは小首を傾《かし》げ、夫の中に一抹のあたたかさを、一片の思いやりを探した。だが、彼は完全な仕事モードに入っていた。

ジアは寂しさを抑え込み、ジェルヴァージオとの交渉成立を心の中で切に祈った。

それから二週間、ジアはサントに言われたとおりゴシップ記事を避け、過去を忘れて目の前のことに意識を集中した。ニーナの仕事にも本格的に取り組みはじめた。

父のスキャンダルが世間を騒がせていたので、ニーナが手を引くのではないかとジアは危惧していたが、この不動産業界の大物は、彼女が父親の話題を持ち出すと、意外にも片方の眉を吊《つ》り上げた。

「わたしがどれだけの荒波を乗り越えてきたと思っているの。こんな騒ぎ、いずれ収まるわ」彼女は言った。「仕事に専念なさい。そして外では堂々と胸を張るの。過去に縛られていたらこの街では生き残れないわ。大事なのはいま何をしているかよ」

ニーナの励ましに勇気づけられ、ジアは仕事に没頭した。創造性をぶつけるはけ口を得て、気分が高揚してくるのがわかった。

サントはエレベイトの発売を控え、ほとんど家にいなかった。ディナーには戻ってくるが、また会社へ行き、日付が変わるまで働く。彼は忙しいのだと自分に言い聞かせても、ジアは何かが違うという感覚を振り払えなかった。ジェルヴァージオとの会食以来こうなのだ。ふたりのあいだに距離ができ、生まれつつあったもろい絆《きずな》も壊れてしまったように感じる。当然ながら夫婦関係もなかった。

フランコのときと同じ状況だった。前夫も初めこそジアを求めたが、期待に添わないとわかると、とたんに冷たくなった。

わたしは過剰反応しているのかもしれない。また別の輝くような夏の日、ホテルから家へ向かって歩きながら、ジアは考えた。悲観するのはやめよう。わたしたちに必要なのはもう一度心を通わせる時間だ。今夜彼がミュンヘンへ発《た》つ前にふたりで特別なディナーを楽しみ、何も変わっていないことを確かめよう。

サントの好物を作ろうと、食材と高級ワインを買って帰り、昼間レオを預けているベビーシッターのティアを帰した。彼女は二十代半ばのオランダ人で、デザリーを思い出させる快活で愛らしい女性だった。レオも、そしてありがたいことにサントも、大いに気に入っていた。

夫はまだ帰っていなかった。たしか今夜は帰りが八時を過ぎると言っていた。ジアにとっては好都合だった。レオを寝かせたあと、ふたりでゆっくり食事ができる。

凝った肉料理を作り、冷蔵庫に入れてからレオとプールで泳いだ。午後の陽射しをたっぷり浴びて遊び、息子を風呂に入れ、食事をさせてから寝かしつけた。

ディナーをオーブンに入れ、シャワーを浴びてサントがいちばん好きな服に着替えた。体にフィットした膝丈のブルーのドレスだ。

テラスのテーブルにろうそくをともし、いまの気分にぴったりの官能的なスペイン音楽のCDをかけた。それからワイングラスを片手にリビングルームの椅子に座り、期待に胸をときめかせながらサントを待った。

八時を過ぎた。八時半。九時。すでに夜の帳《とばり》が下りている。九時十五分になってようやく、サントが帰ってきた。彼は玄関ホールにブリーフケースを置くと、リビングルームに入り、上着を椅子の背にかけた。

だが、テラスに用意されたテーブルとワインを見るなり、眉をひそめた。「すまない《ミ・ディスピアーチェ》。

きみが特別な料理を用意してくれているとは知らなかった」

「驚かせようと思ったの」ジアはそっと椅子から立ちあがった。「あなたが発つ前にふたりでゆっくり過ごしたいと思って」

彼が申し訳なさそうな表情を浮かべた。

「明日の会議に向けて報告書を見直さなくてはならないんだ。今夜中に弁護士に戻さなくてはいけない契約書もあるし」

ジアの心臓がずんと沈んだ。ほんの三十分わたしと過ごすこともできないの？　大企業を共同経営しているから？　法務チームを二十四時間働かせているから？

頬が熱くなった。「いいのよ。いずれにしてももう焦げているわ。八時からオーブンに入れているから」

サントはちらりと時計を見た。「数分なら時間を取れないこともないが」

「いいから」ジアはぴしゃりと言った。「仕事をして」

「ジア――」

サントの手を避け、彼女は大股でキッチンへ入ると、キャセロールの中身をすべてゴミ箱に捨てた。食欲は失《う》せていた。

上階に上がり、ブルーのドレスを脱いで椅子に放った。ふたりのあいだに距離ができたと感じたのは幻想ではなかった。目を背けようとしていただけで、現実だったのだ。

不快な音が耳を満たし、体中に広がって、肌を痛いくらい刺激した。結局また同じことの繰り返しだ。誰かに心を許すたび、本物の関係が築けたと思うたび、こうなるのだ。ひとりよがりだったと悟る羽目になる。

絶望に押しつぶされそうになりながら、機械的に寝る準備をした。いずれサントとはかつてのような関係を取り戻せると期待した。実を言えば、お互い成長した分、さらに強い絆が生まれるのではないかと思っていた。そしてそれがいつか、愛に育つかもしれないとさえ考えた。けれども彼は、そんなことは望んでいなかった。どこか一歩引いたまま、情熱を制約して差し出すに留《とど》めた。そしていま

は、そのわずかな情熱すら、引きあげることにしたようだ。

ジアはベッドの上で丸くなった。もう何も感じられなかった。わたしはサントの望むとおりにした。壁を取り払って彼を受け入れ、彼の求める親密な関係を築こうと努力した。それなのに最後にはまた、いつもの場所に戻ってしまった。

昨夜はほとんど眠れず、ジアは目の下に隈《くま》を作って仕事に出かけた。サントは早朝に出発したらしい。コーヒーテーブルの横に手書きのメモが置いてあった。自分がドイツにいるあいだは彼の私設ボディガードであるディ

ーコンを連れて仕事へ行くこと。ベネチオはレオとティアの元に残していくこと。

それだけだった。

ジアの胃がまたきりきり痛んだ。必要性は感じなかったが、夫の言うとおり大柄な男性を連れて仕事に出かけた。

忙しく刺激的な一日だった。だが、嵐の中にひとり取り残されたような感覚はぬぐえず、それが内側から彼女を蝕《むしば》んだ。目の前には新しい世界が開けている。けれども足元が――拠《よ》りどころとなっていた場所が揺らいでしまった。いま、いちばんそばにいてほしい人がそばにいない。

サントは一度だけ、どこかの会食へ向かう途中で電話をかけてきた。これ以上ないほどよそよそしい声で、ぎこちない会話が二、三交わされただけだった。

週の終わりには、ジアは疲れ切っていた。レオを寝かしつけると、ワインを注いでテラスに出て、黄金の光の中でピンクに輝くマンハッタンの夕陽を見つめた。キアラの家に招待されていたが、そんな気分ではなかった。幸せいっぱいのキアラの前ですべてが順調なふりをすることなどできそうにない。サントはもう何週間も彼女に触れていなかった。夫を愛しているのに、彼は同じ気持ちではない。亀裂が広がりつつあるのはわかっているのに、自分にはどうしようもなかった。

ジアは長いことテラスに立っていたが、やがて携帯電話を取り出し、ミュンヘンにいる夫に電話をかけた。十回以上コールしてやっと彼が出た。「ディ・フィオーレ」短い応答だが、楽しい会話の最中だったのか、その深い声には笑いの余韻があった。

ジアは凍りついた。そんな声はもうしばらく聞いていない。背後では大音量で音楽が鳴っている。彼はパーティ会場にいるらしい。

喉のしこりをのみ込み、名乗った。「ジアよ」

「ジア？　何かあったのか？」

「いいえ……わたし――」ジアは言葉に詰まった。自分は何を話したかったのだろう？

「ジア」彼の声が深刻な響きを帯びた。「どうした？　どうして電話をかけてきた？」

あなたの声が聞きたかったから。それって、おかしなこと？

「サント」すぐそばから華やかな女性の声が聞こえた。「あなたに会わせたい人がいるの。バーでシャンパンでも開けましょう」

そのけだるくセクシーな声は知っている。彼はパーティでアビゲイル・ライトと一緒にいるのだ。そしてアビゲイルは、カップルであるかのように彼の腕を取り、誰かを紹介しようとしている。

〝あいつが次から次へと恋人を作っていたのは有名な話だ〟父の言葉が脳裏に蘇った。たしかにここ数年、彼は多くの女性たちと浮名を流した。結局のところ、彼もフランコと変わらないのだろうか?

「ジア?」音楽の流れる場所から移動したらしく、サントの声が大きくなった。「話してくれ。何があった?」

「何も」

無性に腹が立った。こちらはひとりでくよくよ悩み、恋しさに身を焦がしていたのに、彼のほうは友人たちとパーティを楽しんでいるなんて。本当なら妻になるはずだった女性を横にはべらせて。

「わたしは元気よ。レオがあなたにキスを送ってって。だからかけたの。それだけよ」ジアは感情を押し殺して言った。

「ジア――」

彼女は電話を切り、テーブルの上に放った。立ったまま遠くの空を見つめる。携帯電話が三度ほど着信を告げたが、やがて静かになった。

彼にわたしの十分の一でも不安な思いをさせてやりたい。胸が痛んで息をするのも苦しいほどだ。いつからわたしは、この結婚が本物だと信じるようになってしまったのだろう? わたしたちはうまくいくし、自分はサントの望む女性に、求める女性になれると思ってしまうなんて――。いつからわたしはそんなばかになったのだろう。

目の奥が熱くなった。自分に腹が立ち、まばたきをして涙を押し戻す。わたしはできると思っていた。レオのためなら、もう一度愛のない結婚生活を送ることくらい何でもないはずだった。だけど思うようにはいかなかった。サントが自分と結婚したのはレオのため――本当にそれだけだったのだとわかって、胸が張り裂けそうになっている。わたしは夫のお荷物でしかない。

それでも結婚生活が破綻することはないだろう。どれだけわたしを恨んでいようと、サントはたぶんレオのために安定した関係を続ける努力をする。わたしもそれに合わせればいい。ただ、ひとつだけ落とし穴があった。わたしがサントを愛していること。本当はずっと前から愛していたのだ。

明け方近くになってようやくベッドに入ったものの、翌朝早々にレオが勢いよくベッドに飛び乗ってきて、浅い眠りは断ち切られた。

「ママ！」レオの湿ったキスを頬に受けると、ジアの胸の中でずっと溜《た》め込んでいた感情が雪崩を起こし、ふいに涙があふれ出た。レオがとまどって母親に抱きついた。「ママ、だいじょうぶ？」

ジアは涙をこらえてうなずいた。レオの頭のてっぺんにキスをし、息子を強く抱き締めてベッドを下りようとする。そのとき、テーブルに置いた携帯電話が鳴り出した。手に取り、涙に曇る目で電話を見つめ、夫からかとちらりと思った。そうでないとわかると、なぜかがっかりした。表示されていたのはラスベガスの番号だった。

通話ボタンを押すと、叔母のカルロッタの声が聞こえてきた。血の気が引いた。母が心臓発作を起こして入院したらしい。詳しい病状はまだわからないそうだ。

ジアはふたたび枕に頭を沈めた。これまで母が心臓に異常を持っているという話は聞いたことがなかった。けれども、このところのストレスは計り知れないものだっただろう。

サントからはラスベガスには行くなと言われている。行けば、その約束を破ることになる。だがじっとしてはいられなかった。母の命が危ないかもしれないのだ。

サントがどう言うかなんて気にしていられない。父にも、この世のどの男性にも、指図されたくない。行くと決めたらわたしは行く。

レオに朝食をとらせるため階下に下りた。キッチンでベネチオがコーヒーを飲んでいた。

「大丈夫ですか？」真っ赤な目をしたジアを見て、彼はたずねた。

「実を言うと、あまり気分がよくないの」ジアは嘘《うそ》をついた。「今日はレオとふたりで、家で映画でも見るわ。あなたも自由にして」

彼はしばらくじっとジアを見つめていたが、やがてうなずくと、キッチンから出ていった。

好機は短い。ジアは記録的な速さでレオに食事と着替えをさせると、サントの高価なスーツケースをクロゼットから出して衣類を放り込みはじめた。

レオが目を輝かせた。「おでかけ？　ひこうきのる？」

「乗るわよ」ジアは請け合った。

「パパにあうの？」レオはうれしそうだ。

「いいえ。おばあちゃん《ノンナ》に会いに行くのよ。ルドルフォと毛布を持っていらっしゃい」

レオはとことこと走っていくと、すぐにお気に入りのテディベアと毛布を抱えて戻ってきた。ジアは携帯電話でフライトを予約し、一時間後には外に出ていた。

息子が不思議そうな顔でジアを見あげた。

「ベネチオはいかないの？」

「ええ」ジアはきっぱり言った。「ベネチオは今日はお休みなの」

サントは昼ごろペントハウスに着いた。今日もすばらしい陽気で、輝くばかりの青空が広がっている。四日間のヨーロッパ出張は目が回るような忙しさだった。疲れ果て、目がちくちくしているが、成功だったと言っていいだろう。

ドイツ最大手販売チェーンのオーナーと会合を持ち、その後も取り引きを次々とまとめ、会議では締めくくりに何千人という若者に向けて演説を行い、拍手喝采を浴びた。さらにそのあと、ジェルヴァージオを説得するためにスペインへ向かったのだ。

結果は吉と出た。

最終的にスペイン人実業家の心を動かしたのは、サントの熱意と話術ではなく、〈スーパーソニック社〉の業績だった。カスティリオーネの影など吹き飛ばすほどの、非の打ちどころのない業績だ。サントはジェルヴァージオと固い握手を交わし、ジアによろしくという伝言まで預かって帰路に就いた。

ジアのことは、ここ二週間ほどあまり考えないようにしていた。エレベイトの発売イベントが迫っているいま、何を置いてもビジネスを優先しなくてはと思ったからだ。

罪滅ぼしに深紅の薔薇《ばら》の花束を抱え、サントは玄関ホールにスーツケースを置くとリビングルームに入った。だが、誰もいなかった。ジアとレオは散歩中かもしれない。ポケットから携帯電話を取り出し、ベネチオにかけた。

「やあ《チャオ》、どこにいる?」

「家に帰るところです」ボディガードは答えた。「ジアは体調がよくないから今日は一日家にいると言うので」

サントは眉をひそめた。「家には誰もいないが」

しばし間があった。「すぐにそちらへ向かいます」

サントはジアの携帯電話にもかけてみたが、ボイスメールが応答するだけだった。薬でも買いに出たのだろうか。だが、それならなぜベネチオを帰した？　なぜ電話に出ない？

　胸騒ぎを抑え、もう一度かけてみたが同じだった。妻と息子に何かあったはずはない。だが、ステファノ・カスティリオーネが証言台に立つことを阻止するためなら手段を選ばない輩《やから》がいることは、紛れもない事実だ。

　三度目の電話をかけた。今度は応答があった。安堵《あんど》したものの、背後からアナウンスの声が聞こえ、サントは眉をひそめた。「どこにいる？」

「ラスベガス」その短くぞんざいな答えがサントの体を矢のように貫いた。「母が心臓発作を起こして入院したの。軽度だったみたいで容態は安定しているけど、いまはまだ検査の途中なのよ」

　サントは手で髪をかきあげた。「大事に至らなくてよかった。でも、どうしてぼくに電話をしなかった？」

　意味ありげな沈黙が降り、彼は息巻いた。

「ジア、お母さんが入院したんだろう？　ぼくがどうすると思ったんだ？」

「行くなと言われると思ったわ。約束を破ったのはわかっているけど、こうするしかなかったの。たったひとりの大事な母だもの」

「なんてこと《クリスト》だ。だが、ぼくは今日一日会議が入っているし、水曜には発売イベントがある。そっちには行けない」

「かまわないわ」彼女がつぶやくように言った。「あなたに来てもらうまでもないもの」

妻の冷淡な口調にサントは総毛立った。以前の十倍の厚さの壁が立ちふさがったようだ。

「ジア、出張前にぼくたちのあいだがぎくしゃくしていたのはわかっている。でも、そんな言い方はないだろう」ちらりと時計を見る。

「いまから二時間でそっちに行くよ」

「来ないで」彼女はぴしゃりと言った。「ひとりで考える時間がほしいの」

「何について?」

「わたしたちについて。すべてについてよ」

わたしたち? すべて? サントの血が凍りついた。「どうしたっていうんだ? わけがわからない」

妻の名前を呼ぶ声が背後から聞こえた。

「時間をちょうだい、サント」

彼女はそう繰り返すと、電話を切った。サントは立ったまま、手にした携帯電話を見つめた。彼女の言動が信じられなかった。ぼくはどうすればいいんだ?

そのとき間の悪いことにベネチオがリビングルームに入ってきた。サントは彼を睨《にら》みつけた。「〝ふたりから目を離すな〟という指示のどこに誤解の余地があった?」

ボディガードは力なく肩をすくめた。「具

合が悪いと言われたんです。この建物内は安全ですし。さっき戻ってみたら、寝室のドアは閉まっていました。休んでいるのだろうと思ったんです」

「入って確かめればよかったんですか？　ベネチオはそう言いたげに眉を上げた。

サントはため息をついた。たしかにベネチオのせいではない。ジアはボディガードを出し抜くことに長《た》けている。

「彼女はラスベガスにいる」

ベネチオは目を丸くした。「追いかけますか？」

たしかに護衛チームを送り込めば安心できる。だが、カスティリオーネ一族はいま警察の監視下にある。危険はないだろう。それに妻は、サントにかかわってほしくないとはっきり言った。

彼はかぶりを振った。ボディガードを帰し、自分でエスプレッソを淹れ、これからどうすべきか考えた。

気づかないうちにジアの気持ちを傷つけてしまっていた。だが自分としては、突然襲いかかってきた嵐をなんとか切り抜けることしか頭になかった。まずは目の前の問題に取り組み、なんとかことを収めようとした。それが間違いだったようだ。

いま、妻は混乱している。そしてふたりのことを考え直している。

あのとき廊下から聞こえてきた言葉が脳裏に蘇った。野球のグローブを手に家へ帰ると、母が出ていこうとしているところだった。

〝わたしには無理よ、レオーネ。こんなの、話が違うわ〟

つかのま、頭が真っ白になった。純粋な怒りが体を突き抜けた。ジアも母と同じではないか。感情を内に溜め込み、蓋をして、表に出そうとしない。そして突然爆発する。いや、違う。彼女はサインを出していた。出張前の晩にディナーを用意した。ミュンヘンに電話をかけてきた。電話の声は心細げだった。

それなのに、あのとき自分は人脈を広げることに熱中していて気づかなかった。折り返し電話をするにはしたが、彼女が聞きたかったであろう言葉を口にすることはなかった。

そしていま、妻はひとりでラスベガスにいる。今後どうするつもりかはわからない。しかもこちらは息つく暇もないほど多忙な一週間が控えている。

その後二日ほど、ジアは叔母のカルロッタと交代で母に付き添った。医師によると、発作は軽度で、正しい治療を施せばほとんど影響は残らないという。

親戚が次々と見舞いに訪れた。ありがたいことに、ほとんどが母方だった。ジアはカスティリオーネ一族からは冷遇され、兄にはあからさまに邪魔者扱いされたが、叔母のカルロッタが味方についてくれた。

父は今週行われる聴聞会で、やはり黙秘権を行使するつもりらしい。高額の報酬で雇っている弁護団が勝利を収めると信じているのだろう。叔母はそんな父の傲慢《アロガンツァ》さが母を追い込んだのだと吐き捨てた。

数日後、ようやくジアは少しのあいだ母とふたりきりになることができた。やつれた母の顔を見るのはつらかったが、無機質な病室にほんのりベルガモットの香りが漂い、なつかしさがこみあげた。母はレオの顔を見ると、そのアーモンド形の美しい目を潤ませた。

「この子はサントにそっくりね」母はつぶやくように言った。「瓜《うり》ふたつだわ。あのまま結婚生活を続けていても、隠し通すのは難しかったでしょうね」

サントの話が出ると、ジアは胸が締めつけられた。ふたりのあいだにはもはや埋めようのない溝ができている。ふと、母の目が鋭くなった。レオとおやつを買いに行くようカルロッタに頼み、看護師も下がらせると、母は骨ばった手でジアの手を包んだ。

「何があったのか話してごらんなさい」

ジアは睫毛《まつげ》を伏せた。「わたし、そんなにわかりやすい?」

「わたしは母親ですもの」母は口元をほころばせた。「浜辺にすてきな家を買ったと言っていたわね。仕事も始めたんでしょう。レオもニューヨークでの生活に慣れて、万事順調そうだったのに、どうしてそんなに悲しげな顔をしているの？」

母にそう言われると、いっきに涙がこみあげた。膝を擦りむいた五歳の子どもに戻った気分だ。

「サントのことなの」ジアは打ち明けた。「ジェルヴァージオ・デルガードとの会食以来、彼はよそよそしくなったわ。ふたりのあいだで何かが壊れてしまったみたいで、どうすれば修復できるのかわからない。フランコのときと同じことになりそうで怖いの」

母はダークブラウンの瞳でじっと娘を見つめた。「サントはフランコとは違うわ。あなたのお父さんとも違う。いい人だし、あなたを大切にしている。大きな仕事を控えて忙しそうだと言っていたじゃないの。いまは相当なプレッシャーを抱えているんだと思うわ」

自分でも何度もそう思い込もうとした。けれど感覚でわかる。サントは変わった。距離を置くようになった。そしてジアは、こういう経験をいままで幾度となく繰り返してきた。

母は視線をやわらげた。「サントと話してみたの？　自分の気持ちを伝えた？」

「怖いの」ジアは唇を震わせた。「彼が二度とわたしを信頼してくれないんじゃないか、この結婚を後悔しているんじゃないかと思うと」

母は眉根を寄せた。「なぜそう思うの？　彼はあなたに夢中だったのよ。ステファノが釘《くぎ》を刺さなくてはならなかったくらいに」

「わたしが、わたしだから。カスティリオーネだからよ」ジアは静かに答えた。「それはずっとついて回り、すべてをぶち壊すの」

母は枕に背を預け、しばらく無言だったが、やがて口を開いた。「考えすぎじゃないかしら。本人にきいてみなければ答えはわからないわ」かぶりを振って続ける。「あなたはわたしには得られなかったものを手にするチャンスに恵まれた。自ら選んだ愛と信頼に基づいた結婚よ。結婚自体はサントに押し切られたとはいえ、あなたも彼を愛しているなら、彼こそが求める相手なら、自分が正しいか間違っているか、思い切って確かめてみる価値はあるんじゃない？」

ジアはごくりと唾をのみ込んだ。喉のしこりも一緒に。そのとおりかもしれない。ただ、わたしは答えを聞くのが怖いのだ。いままで幾度となく信頼した人に拒絶されてきた。そしてサントに拒絶されたら、たぶん二度と立ち直れないだろう。

母はジアの手を強く握った。「あなたは長いこと自分の感情から逃げてきたんじゃない、ジョバンナ？　立ち止まって、ふたりのことをよく考えてみるべきよ」

母の言うとおりなのだろう。サントが自分を思ってくれていることは、心のどこかでわかっていた。彼の言葉、しぐさ、抱擁――。

〝複雑な状況だった。でも、行動に出る価値があると思ったんだ〟

心臓が跳ねあがった。次に一歩踏み出さなくてはいけないのは、自分のほうかもしれない。四年前の過ちを正したいなら、勇気を出して自分の気持ちを告げるしかない。彼が受け入れてくれることを祈って。

わたしはずっと夢をかなえるために闘ってきた。今度はサントを振り向かせるため、行動を起こすのだ。

11

息苦しい熱気が街全体を包む暑い夏の夜、チェルシー地区の最新人気スポットであるクラブ〈リベルテ〉には、まばゆいライトのもと次から次へと著名人が到着していた。屋外にはミストシャワーが設置されていて、ひんやりと心地よい霧を撒《ま》いていたが、それでも〈スーパーソニック〉のビッグイベントに集まった人々の興奮はまったく冷める様子はなかった。

〝エレベイト・パーティ〟には、世界各国のファッション界やスポーツ界に大きな影響力を持つ著名人が多く招かれていた。彼らが支持するシューズともなれば、大ヒットするのは間違いない。みな、そのデビューの瞬間を見逃したくないのだ。

招待客たちはきらびやかな入り口から階段を下り、別世界へと足を踏み入れる。そこは現実離れした心地よいオアシスだった。スペース全体がモノトーンで統一され、〈スーパーソニック〉のメインカラーである赤がアクセントに使われている。黒服のウェイターがマティーニのトレイを持って回り、白い壁にはエレベイトの広告キャンペーンに起用されたトップ選手たちのイメージビデオが、新しいシューズがいかに競技の質を上げたかを伝えるメッセージとともに映し出されていた。そして、そこここにまるでインテリアのごとくさりげなく、シューズが飾られている。

サントはその中央に立ち、バーカウンターにもたれていた。左手にはアメリカ最大手販売チェーン店社長、右手には今日契約した人気クオーターバックのカール・オブライエンがいる。アビゲイルは遠慮したのか、顔を見せていなかった。目の前には世界でもっとも年俸が高いと言われているサッカー選手。そして人混みのどこかにはマドリッドから駆けつけたジェルヴァージオ・デルガードもいるはずだ。

サントにとってはいままでの人生でもっとも華々しい夜だった。十年間の集大成とも言える製品を、ついにこの世に送り出すのだ。だが彼は、頭が麻痺《まひ》したかのように何も感じられなかった。勝利の瞬間にふさわしい興奮をかき立てることができない。それは、喜びを分かち合える妻がこの場にいないからだ。

なお悪いことに、いまになって原因は自分にあるのではないかという気がしていた。このイベントを成功させたいと願うあまり、ジアを遠ざけた。あの強く、情熱的な妻に心を乱されるのが怖かったからだ。だがそのせいで、ふたりが築きつつあったすばらしいものを台なしにしてしまった。

ハリウッド女優が自身の最新映画について語るのを聞き流しながら、シルバーグレイのアルマーニの襟を直し、自分が犯した過ちをひとつずつ思い返した。たくさんありすぎて、どこから始めていいかわからないほどだが。

まずジアに、望まない結婚を強いた。レオのために正しいことをしているのだと自分を納得させ、強引に自分の要望を押し通した。本当はジアがほしかっただけなのに――。

さらにそんな自分の気持ちを認めるのを拒み、問題を複雑にした。二度と彼女を本気で愛するものかと誓い、愚かにもそれが可能だと信じた。そして彼女がもっとも自分を必要としたときに突き放した。

結局は、自分の心の弱さが原因なのだ。サントは自責の念とともにグラスの中のバーボンを飲み干した。父のようになるのが怖かった。同じ過ちは犯したくなかった。そして完璧な家族を求めるあまり、目の前のものが見えなくなっていた。

隣の女優は、サントが自分の話をまるで聞いていないことにようやく気づいたらしく、離れていった。今度はニコとラゼロが年代物のシャンパンとグラスを三つ持って現れ、ひとつをサントの手に押しつけた。

「高級スニーカーの新発売を祝って」ラゼロが言った。「疲れた顔をしているな」

サントは肩をすくめた。「ずっとアドレナリンが出っぱなしだったからだろう。ときにはペースを落とさないとな」

兄は意味ありげな笑みを浮かべた。「これを聞いたら、またアドレナリンが噴き出すぞ。初日の売上が出た。天井知らずだ」

サントを包む虚無感にいくらかひびが入ったものの、期待されるような高揚感はなかった。ニコがグラスにシャンパンを注《つ》いだ。

「エレベイトに乾杯。向かうところ敵なしだな」

サントはシャンパンをひと口のみ、会話に加わろうとした。だが、ニコが美しいダンサーたちについて男性らしいコメントをしても、彼女たちのほうをちらりと見ただけで、返す言葉が見当たらなかった。

ニコがしげしげとサントを見た。「どうかしたのか？　イベントは大成功じゃないか」

「答えはGで始まり、Aで終わる」ラゼロが言った。「前にも同じようなことを言った気がするが」少し間を空けて続ける。「うしろを振り返ってみるといい」

サントが振り返ると、クラブの入り口にジアが立っていた。燃えるような赤のドレスを着て、髪を洗練されたスタイルにまとめている。ドレスは体にぴったりとしていて、すらりとした長い足を際立たせている。ドレスの鮮やかな色に小麦色の肌がよく映え、実に魅惑的だった。

ジアの登場に気づいたのはサントだけではなかったらしく、多くの男性が足を止めて彼女を見つめた。だが、何よりサントの目を引いたのは彼女の物腰にみなぎる自信だった。階段のいちばん上で胸を張り、頭を高くもたげ、決然と人々を見渡している。いつもの気おくれした様子はまるでなかった。

サントの胸の奥で何か熱いものがふくれあがった。彼女はこの嵐のような二週間を鉄の意思で切り抜けた。決して挫《くじ》けなかった。ジアは間違いなく、誰よりも強く、勇気ある女性だ。

その瞬間、サントは悟った。自分は型には

まった妻を求めていた。自分の理想とする穏やかで波風ひとつ立たない家庭にぴったりの妻を。本当は、ジアを愛していたのに。その炎と情熱を愛していたのに。

ジアが彼に気づき、視線が止まった。その瞬間、ふと頼りなげな表情が彼女の顔をよぎった。目に不安が浮かぶ。原因はぼくだ。そう思うと、自分に対する怒りがこみあげた。

気がつかないうちに足を踏み出していた。賑《にぎ》やかな人混みを縫って階段の下にたどり着いた。ジアはちょうど最後の一段を下りようとしていた。彼女の腰に腕を回し、抱きかかえるようにしてフロアに下ろす。ジアを見つめたい、触れたい、ふたりの関係を修復したい――はやる気持ちを抑え、サントは彼女をさらに引き寄せてささやいた。「来てくれたんだね。すばらしくきれいだよ」

「あなたにとって大事な夜ですもの。逃したくなかったわ」ジアは落ち着かなげに髪を耳のうしろにかけた。「遅れてごめんなさい。フライトが遅延したの。それから、レオをクロエのところに預けて、着るドレスがないからキアラに借りに行って――」

ジアの目に涙が光っている。胸の中で感情が渦巻いているのがわかる。サントは彼女の震える唇に指を押しつけ、言葉をさえぎった。「いいんだ。きみは来てくれた。お母さんの具合はどうだい?」

「だいぶ回復したわ。明日には退院できるそうよ」ジアはちらりと周囲を見渡した。「ふたりで話ができるところはないかしら？」

サントは彼女の手をつかみ、パーティを楽しむ人々をかき分けるようにしながら奥にある小さなプライベート・ラウンジへと導いた。そして中に入ると、鍵をかけた。

小さなバーとソファがふたつに、コーヒーテーブルと低い照明のある、狭いが居心地のいい空間だった。ふたりは無言で見つめ合った。サントは自分の手をどうしていいかわからず、ポケットに突っ込んだ。彼女に触れたいが、まずは先に話をしなくてはならない。

「ジア――」

彼女が手を上げてサントを制した。「待って。わたしから言わせて。吐き出してしまいたいの」

彼女の傷ついた、悲しげな表情を見ると、胸が痛んだ。一刻も早くその表情を消し去りたいが、責任が自分にあるなら、いまは口を閉じ、話を聞かなくてはいけない。

「電話であんなことを言ってごめんなさい。わたしは逃げていたの。自分の感情から目を背けていたわ。あなたの言ったとおりよ。わたしは傷ついて、混乱していた」彼女はバーカウンターに寄りかかり、手で髪をかきあげた。「ジェルヴァージオとの会食があああいう結果になって、あなたに遠ざけられ、わたしはフランコのときと同じことが起きると思った。どうしていいかわからなかった。だからあの晩、ディナーを作ったの。ミュンヘンにも電話をしたわ。あのとき、アビゲイルの声が聞こえて、誰かを紹介すると言っていた。あなたたちはまるでカップルみたいだった」

サントは心の中で悪態をついた。あのときはパーティのことで頭がいっぱいで、ジアの気持ちを考える余裕がなかった。「アビゲイルとは何もない。それはわかっているだろう」

ジアは首を横に振った。「理性的にものを考えられる状態じゃなかったのよ。不安でたまらなかった」手元のダイヤモンドに視線を落とし、指輪を回してまっすぐに戻す。「子どもがいつまでもできないと、フランコはしだいに離れていったわ。わたしを冷感症と呼んだ。でも、彼がほかの女性に目を向けるようになって逆にほっとしたくらい。放っておいてくれたほうがよかった。だけど、女性としての自信は打ち砕かれたわ。自分を価値のない人間だと思うようになった」彼女は切なげな表情でつけ加えた。「もとから自分に自信があるほうじゃなかったし」

そうだ。それくらい気づいて当然だった。

サントはますます自分に腹が立った。「ぼくは仕事に集中したかった。きみとかかわると、自分では想像もしたことがないような感情の深みにはまり込んでしまう。そうなるわけにいかないと思ったんだ。今日の、このイベントが終わるまでは」

ジアはグリーンの瞳でじっと彼を見つめた。

「わたしにはあなたが必要なの」

その言葉がナイフのように胸を刺すのを感じてサントは目を閉じた。「ぼくの育った家庭にそもそもの原因があるんだ。父と母の関係をつい、思い出してしまって」息を吐き、説明の言葉を探した。「両親は情熱的で、燃えさかる炎のようだった。穏やかに凪《な》ぐことはなかった。父が会社を興してから、さらにひどくなった。母は、安定した収入のあるウォールストリートの仕事を辞めてほしくなかったんだが、父は勝負師だった。賭に出たんだ。母とは毎日のように喧嘩《けんか》をしていたよ。そして、仕事に集中しなくてはいけないときも、母の機嫌を取ることに懸命になった。そのあげく取引先を失い、会社を潰した」

ジアの瞳に苦痛がよぎった。「わたしたちにも同じことが起こると思ったの？　わたしがあなたを破滅に追い込むと？」

「ぼくはただ感情を抑えないと、すべてを失うことになると思ったんだ。だから自分を押し殺し、きみと距離を置いた。ばかだったよ」彼は認めた。「やり直せるものならそうしたい。きみを傷つけるつもりはなかったんだ、ジア」

サントには読みとれない感情が彼女の瞳に宿った。

「どうした？」

ジアが深呼吸をして、ためらいがちに切り出した。「あなたがもう以前のようにわたしのことを思ってくれないんじゃないかと怖かった。レオを連れてアメリカを出たとき、わたしは大切なものを壊してしまった。二度と許されないような気がしていた。だから、結婚は必要に迫られたからにすぎないと――」

サントは目をしばたたいた。完全な誤解だ。だが彼女が誤解したのも、やはり自分の責任なのだ。

ジアが毅然と顎を上げた。「昔からあなたには完璧な女性とはこうあるべきという条件があって、わたしはそのどれにも当てはまらなかった。賢くて、社交上手。家庭第一で昼はよき妻、夜は娼婦《しょうふ》。そして、しがらみの少ない女性。しがらみは面倒だから」

たしかにそんなことを公言していた時期もあった。けれどもジアは、それとは別次元の存在だ。彼女への思いは理性を越えたところにある。そう言おうと口を開きかけたが、ジアが先に話を続けた。

「だから怖かったの。あなたの足手まといになるんじゃないかって。父にとっての母がそうだったように。ふたりのあいだに何かしらいいものが生まれても、そのたびにきっとわたしが壊してしまう。そしてあなたは、わたしを憎むようになる――そう思ったの」

彼女の顔は痛々しいほど無防備に感情をさらけ出していた。これ以上は聞いていられず、サントは彼女に近づくと、バーカウンターに手を置いた。「まず言っておくが、きみのお父さんの言動はぼくたちに何ら影響を与えていない。ジェルヴァージオとはマドリッドで契約を結んだ。彼も今夜ここに来ている。きみのことをたずねていたよ。何の問題もない。この先また面倒が起きる可能性はあるが、そのときはそのときさ。人生に面倒はつきものだ。ふたりで解決していけばいい。それから」サントは彼女の胸に手を押し当て、心臓の鼓動を感じた。「ぼくにとって大切なのはこれだけだ。ここにあるもの。きみ自身。たしかに条件なんてものもあったが、きみは常にそれ以上の存在だった。だからぼくたちはくっついたり離れたりしてきたんだ。そんな女性はほかにはいない」

ジアが目を見開いた。エメラルドのようなグリーンの瞳に涙があふれ、ライトの明かりを受けてきらめいた。

「最後にもうひとつ。ぼくはひと目見た瞬間からきみに恋をしていた。カフェテリアでひとり、毅然《きぜん》と座っているきみを見たときから。それからずっと」彼は続けた。「きみが美しくすばらしい女性に成長するのを見守ってきた。自分には手の届かない存在だと言い聞かせながら。ところがエレベーターでキスをされた瞬間、理性が吹き飛んでしまった」

サントは彼女の頬を親指でなぞった。

「ぼくはきみを愛していた。翌朝、お父さんのところへ行って、きみと結婚させてほしいと頼むつもりだったんだよ。でもそのチャンスはなかった。きみがひと言もなく、去ってしまったから」

ジアは心臓が胸から飛び出しそうだった。彼がわたしを愛していた？　父と話をするつもりだった？　あの日、黙ってホテルを出ることで、わたしはなんと大きなものを失ったのだろう。

「知らなかったわ」ジアはささやくように言い、手を上げて彼のセクシーな顎をなぞった。「あの晩、そんな話はしなかったし」

サントは苦笑いした。「ほかにすることがあったからね。おかげであんなに美しい息子が生まれた。あの子はぼくのすべてだよ」

情熱的な夜の記憶が熱波のように彼女を包んだ。あの一夜がジアのすべてを変えた――。と同時に、ここ数週間の不安が呼び覚まされた。彼はずっと手も触れてくれない。

サントは彼女の思いを読んだようだ。「ぼくが、いまはもうきみを愛していないと思っているのか？」そう言って、彼女の両頬を手で包み込む。「ぼくがきみに夢中でないとでも？　ナッソーのパーティできみを見たとき、何も終わっていないと悟ったよ。きみへの気持ちは少しも変わっていなかった。でなければ――」彼は真剣な口調で続けた。「どうして真夜中にきみの部屋に押しかけたりする？　きみに会いたかったからだ。いつだって、きみだったんだよ」

ジアは膝がくずおれそうになり、壁に身を預けた。ああ、この瞬間をどれほど夢見たことか。心臓が高鳴り、雷鳴のように轟《とどろ》いた。「愛しているわ」ジアはささやいた。「怖いくらい愛している」

彼の唇が彼女の唇に重なった。熱く激しいキス。ジアも彼の首に腕を巻きつけ、夢中で応えた。これは情熱の証《あかし》。魂の交わり。誓いの成就。

「パーティに戻らないと」ジアは不承不承、言った。「あなたはホストだもの」

「まだいいさ」

彼のキスが濃密な熱を帯びる。ジアもここでやめたくはなかった。もっとほしい。そして、みじめな数週間の記憶を消し去りたい。ふたりの新たな一歩を確かめたい。

サントがジアを壁に押しつけ、手で体をまさぐった。ジアは身をくねらせて、さらなる愛撫《あいぶ》を求めた。彼の巧みな指はたちまち邪魔なドレスをはぎとり、いまジアの肌を包むのは硬く筋肉質な彼の体だけだった。

「サント」ジアはじっと彼の目を見つめて言った。「わたしを愛して」

「いつだって愛しているよ」サントは彼女の腿をつかんで脚を自分の腰にからませると、一気に彼女の奥深くへと身を沈めた。ふたりの愛を――十数年越しの絆《きずな》を互いの体に刻み込むように。


「スピーチをしなくてはならないんだ」官能の深淵《しんえん》からようやく現実に戻ってくると、サントはぼやき、体を起こして服を探した。

「あと数時間したら、ぼくはきみとレオを連れて家に帰る。そのあとはナッソーのヴィラへ行き、そこで一週間過ごそう。ぼくがひと言でも〝エレベイト〟という言葉を口にしたら、引っぱたいてくれていい」からかうように言い、ネクタイを締めた。

「一週間？」ジアはきき返した。想像するだけで気持ちがたかぶってくる。

「ちょっと遅い新婚旅行だよ。デリラの招待だ。新聞も取らないし、人とも会わない。ぼくたちだけで過ごそう」

ジアはふと眉をひそめた。「わたしはニーナの仕事をどうすればいいの？ ただでさえ、もう何日も休んでいるのよ」

「彼女とは話をつけてある」夫はいつものように自信たっぷりに答えた。「ぼくはどんな手段を使っても、きみと一週間過ごすつもりだ。罪滅ぼしにね」

そんな必要はないのに、とジアは思った。わたしは彼を愛し、尊敬している。ずっと愛してきた。そしていまその愛は熟し、想像もしなかったほど大きく成長して、すべてを包み込んでいる。

「わかったわ」ジアはつま先立ちになって彼にキスをした。サントは激しいキスでそれに応え、やがて手を取って、ドアへ向かった。

「いいかい？」

ジアはうなずいた。いまはもうドアの向こうにあるものを恐れる気持ちはなかった。人生が次にどんな試練を用意しているかと身構えることもない。なぜなら、サントがそばにいてくれるとわかっているから。サントさえいれば何も怖くない。

手を取り合って、ふたりは騒々しくきらびやかな夜へと戻っていった。ジアの新しい家族は、黄金色にきらめくしぶきを上げる豪勢なシャンパンの噴水近くに集まっていた。彼らのほうへ歩いていきながら、ジアは口元に小さく笑みを浮かべた。彼女はもう人の輪からはずれてたたずむ少女ではない。スポットライトのただ中にいる女性なのだ――。

ハーレクイン

大富豪に恋した操り人形
2019年7月5日発行

著　　者	ジェニファー・ヘイワード
訳　　者	竹内さくら（たけうち　さくら）
発 行 人	フランク・フォーリー
発 行 所	株式会社ハーパーコリンズ・ジャパン 東京都千代田区外神田 3-16-8 電話 03-5295-8091（営業） 0570-008091（読者サービス係）
印刷・製本	大日本印刷株式会社 東京都新宿区市谷加賀町 1-1-1
編集協力	株式会社ラパン

ISBN978-4-596-13425-7 C0297

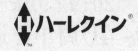

今月の文庫 おすすめ作品のご案内

6月15日刊

『いつも同じ空の下で』
シャロン・サラ

シェリーの夫はFBIの潜入捜査官。はなればなれの日々のなか、夫が凶弾に倒れたという知らせが入る。涙にくれるシェリーを、次なる試練が襲い…。

『恋人たちの密やかな時間』
アデライデ・コール　他

ロンドンの屋敷で働くメイドのエマ。素敵な旦那様を盗み見るのが日々の楽しみだが、ある日の掃除中、旦那様に下着を脱げと命じられ…エロティック短編集！

『運命のいたずら』
ジェイン・A・クレンツ

弟の会社を乗っ取ろうとしていると知り、ハナは非情と名高い投資家ギデオンに直談判に訪れる。大胆にも改心を説くハナに、彼は熱い視線を向けてきて…。

(初版：P-12)

『後見人を振り向かせる方法』
マヤ・バンクス

イザベラが10年以上も片想いをしているのはギリシア富豪一族の次男で後見人のセロン。だがある日、彼がどこかの令嬢と婚約するらしいと知り…。

(初版：D-1454)

＊文庫コーナーでお求めください。店頭に無い場合は、書店にてご注文ください。